JN131452

「えーくんっ、おめでとう‼」

「タッくんなら当然よね！
当たりの前よっ！」

Ore no kanojyo to osananajimi ga shuraba sugiru

俺の彼女と幼なじみが修羅場すぎる 15

裕時悠示

GA文庫

カバー・口絵　本文イラスト
るろお

CONTENTS

#0 カオ[illegible]から、春夏秋冬へ

十

自分のこの気持ちに気づいたのは、いつのことだったろう。
もうはっきりとは思い出せない。

彼と出会ったのは中学一年の時。同じクラスだった。
最初、僕は彼から良い印象を持たれてなかったように思う。いつも女の子に囲まれていた僕のことを、彼が遠くからつまらなそうに眺《なが》めていたのを覚えている。それで、僕のほうから興味を持ち、友達になったのだ。

ひとことでいえば、彼は変わり者だった。

魔剣と称した物干し竿《ざお》を背負い、黒マントを羽織《はお》り、指ぬきグローブをはめて登校して生活指導室行きになったり、学級対抗の合唱コンクールでひとりだけアニソンを熱唱しクラスの女子から大ひんしゅくを買ったりしていた。

そんなだから、周囲の評判は決して良くなかった。
それが「中2病」という思春期の病だということは、後から知った。
彼自身、当時のことを思い返すと「顔から火が出そうだ」なんて言う。

だけど僕は、そんな彼を素敵だと思った。

世間で言われている「カッコイイ」に背を向けて、ルールに背を向けて、ひとり、自分だけのカッコよさを追求し続ける彼のことを、とても自由だと思ったのだ。

彼を見ていると、僕まで自由になれる気がした。

家のしきたり、祖父が定めたルールでがんじがらめな僕が、彼と一緒にいる時だけ、頬《ほお》に風が当たるのを感じることができた。

気づいたら好きになっていた。

最初、僕は自分の気持ちを必死に否定《ひてい》しようとした。

「ないもの」として扱おうとした。

僕は「普通」でいなきゃいけなかったから。

遊井《あそい》家の長男、この由緒正しき家柄を継ぐ者として、「普通」でいなければいけない。普通に女の子を好きになって、普通の恋愛をして、普通の学生生活を送る。そんな風にしなければならなかったんだ。


だけど、できなかった。

僕は、男の子を好きになってしまった。

彼のことを好きだって気づいたとき、僕は「普通」から見放されてしまった。世の中の常識——ルールから、見放されてしまったんだ。


僕は悪あがきをした。

必死に、この気持ちを押し隠し、なかったことにしようとした。

それは、途中まで、成功していたと思う。

あくまで彼の親友として、良き理解者として、振る舞うことができていたと思う。


そう、あの日までは。

変化が訪れたのは、高校一年の五月。

彼に、彼女ができた。

その交際をきっかけに、彼の周りには次々と美少女たちが現れた。

「自らを演出する乙女《おとめ》の会」という部活まで結成されて、僕と彼の時間は大幅に削られてしまった。

これで良いんだ。

僕は自分にそう言い聞かせた。

普通に女の子と恋愛をしたほうが、彼にとっては幸せに決まっている。世の中のルールに従って恋愛したほうが、良いに決まってる。僕は変わらず、親友として、良き理解者として、彼のそばに居られればいい。これで良いんだ――。

だけど。だけど。だけど。

ああ――だけど！

それは、そのほうが彼は幸せになれると信じたからこそ、だ。

そうじゃないとしたら？

彼を取り巻く四人の女の子――女どもが、彼を不幸にするのだとしたら？

彼は、四人から一人も不幸な子を出さないようにするため、ハーレムを作ろうとしている。

社会のルールに背を向けて、周りから四股野郎《よんまたやろう》と後ろ指をさされても、孤独なハーレム王になろうとしている。

僕はそれ自体には賛成だった。

ハーレムには賛成だった。

ルールの外側を行く彼のことが、僕は好きだから。

彼が一人の女の子に縛られることがないのなら、四人に囲まれているのなら、僕だってそばに居やすくなる。だから、賛成だったんだ。

だけど——その四人の中には「嘘《うそ》つき」がいた。
〝偽物《にせもの》〟がいた。

彼のことを愛してないくせに、好きじゃないくせに、ただ利用するためだけに、彼を「彼氏」にした女がいる。

そんな女が混じっているハーレムに、なんの正義があるだろう？

なんの「自由」があるだろう？

他の三人は、その女を糾弾し、追放すべきなのに、今でも「乙女の会」なんて仲良しごっこを続けている。


もう、黙ってはいられない。

四人の女どもが、鋭太《えいた》を不幸にするのなら。不自由にするのなら。

僕は許さない。

絶対に許さない。


ねえ、チワワちゃん。

いや、春咲《はるさき》千和《ちわ》。

きっと君は、僕のことを「良い人」だって思っているだろうね。彼と自分の仲をさりげなく見守ってくれる、良い人。そんな風に思っていただろう。

僕が内心、どう思っていたかなんて、想像もしてなかっただろう？

幼なじみの特権を振りかざし、彼に我が物顔で抱きつく君のことを、僕がどんな想《おも》いで見つめていたかなんて、考えたこともなかっただろう？


ねえ、秋篠《あきしの》さん。

いや、秋篠姫香《ひめか》。

君はずいぶん彼に好かれてるみたいだね。

女の子として、意識されてるみたいだね。

嫉妬《しっと》するよ。

嫉妬する。

自分の中に、醜《みにく》い炎が満ちていくのを感じるよ。

僕がどれだけそれを欲しがったか、君には想像できないだろうね。女の子のからだを持つ君には、想像もつかないことだろうね。


ねえ、あーちゃん。

いや、冬海愛衣《ふゆうみあい》。

覚えてるかな？

一年生の夏休み、君が鋭太と花火大会に行けるよう、協力してあげたこと。

あの時、僕がどんな気持ちだったかわかるかい？

君は、僕の秘密の一端《いったん》を知っているくせに、僕に協力をせがんできたよね。

賢い君でも、気がつかなかったのかい？

僕だって、君と同じくらい、彼のことを想っているなんて。


そして。

夏川真涼《なつかわますず》。

聞いたよ。君のしでかしたこと。

彼のことは、偽彼氏《フェイク》だったんだってね。

ずいぶんな「ルール違反」をやってくれるじゃないか。

しかも君は、今でも彼のそばにいて、なんだかいっぱしのパートナーみたいな顔をして、
心から通じ合ってるような顔をして——。

なんだよ、それ。

僕が我慢してたっていうのに。

ルール違反だから、彼を不幸にするだろうからって、ずっと我慢していたっていうのに。

何故《なぜ》、君は我慢しないんだい？

ねえ、教えてよ。

何故、そんな容易《たやす》く、ルールを破ってしまうんだい？

教えて。

教えろ。

おしえろよおおおおおおおおおおおおおおあああああああああああああああええええ
ええええええええええええええあああああああああああああああああああああああああ
ああああああああああああぬぬぬぬぬぬぬぬぬぬぬぬぬぬぬぬぬぬあああああああああ

——さあ。


愚痴《ぐち》るのはもう、このくらい。

もはや行動の時だ。

「そうね。動く時ね」

「ああ、そういうことさ」

「行くかい？」

「ええ、行きましょう」

「ルールの裏側へ」

「彼を幸せにするために」

しあわせえああああああああああああああええええええああああああああああああああああああ

うふ。

しあわせ♥

肉柱
春咲千和
はるさきちわ
修羅滅の刃《しゅらめつのやいば》

#1 地主神社で修羅場

季節は春・三月末。

場所は京都《きょうと》・地主《じしゅ》神社。

紅梅《こうばい》・白梅《はくばい》が咲き誇《ほこ》る境内《けいだい》には、多くの観光客が訪れている。海外からと思《おぼ》しき金髪や青い瞳《ひとみ》がわからん語を響かせているが、やはりこの時期、目に付くのは制服の学生たちだ。修学旅行シーズン。日本建国以前の創建と言われるこの聖地は、全国津々浦々《つつうらうら》の学校制服博覧会みたいな様相を呈《てい》している。

我らが羽根《はね》ノ山《やま》高校二年生――あと数日で三年生となるが――の生徒会長たる俺《おれ》、季堂《きどう》鋭太《えいた》もその博覧会の一員である。

これから激しい受験戦争に突入する俺たちだが、この旅行期間だけはハメを外して、学生時代の貴重な思い出を作りたい。

特に地主神社といえば、恋愛成就《じょうじゅ》に御利益《ごりやく》があると言われるパワースポットである。男子も女子も誰《だれ》も彼も、密《ひそ》かな思い人の顔を胸にこの神聖な境内を訪れているのだ。

――だが。

我が校には、ひとりだけ、その幻想を共有しないやつがいる。

恋愛という幻想。

思春期の頃であれば誰もが夢中になるその甘い甘い幻想を、惰弱《だじゃく》な思想と決めつけ、唾《つば》を吐きかけ泥を塗ろうとする邪悪な破壊者がいる。

その破壊者の名は――――。


『もしもし、タッくん？』


スマホから聞こえる声に、俺は我に返った。

電話の相手は冬海愛衣《ふゆうみあい》。

元婚約者のあーちゃんが、切羽詰まった声で報告してくる。

『夏川《なつかわ》さん、そっちに来てる？』

「いや、いない。どういうことだ？」

『ちょっと目を離したスキに消えちゃってたのよ。ほんのちょっとよ？　五秒くらいのあいだ』

――くそっ。真涼《ますず》め。

五秒もあれば、あの悪の帝王のこと、あーちゃんの目を眩《くら》ませることなどわけもない。

もっと監視を厳しくしておくんだった。

「千和《ちわ》は？　千和はどこにいる？」

『ヒメちゃんと恋占いの石に行ったわよ。絶対一発で成功させるんだって、張り切ってた』

恋占いの石！

これこそ！　この物語の核心にせまる最大の謎《なぞ》！　……というほど大げさなものではないが、この地主神社が「恋愛の聖地」と呼ばれる理由である。

本殿前に十メートルほど離れて立つ、二つのご神石。

目を閉じたまま、一方の石からもう一方の石へと歩き、無事辿《たど》り着くことができたなら恋が叶《かな》うと言われている。そんな御利益を信じて、数多《あまた》の恋愛脳たちが今日もチャレンジしているというわけだ。はは。全員フラれろ。

『ねえタッくん。夏川さん、本当にやる気なの？』

「ああ。マジだ」

『ホントに？　いくらなんでも、そこまではしないと思うんだけど。だってもうそれ犯罪じゃない。洒落《しゃれ》じゃすまないわよ』

「いや。真涼ならやる」

あの女が企《たくら》むのは、恋占い石の爆破《ばくは》。

一説には縄文以前より存在すると言われる神秘のパワーストーンを、跡形もなく粉砕《ふんさい》することである。

言うまでもなく、犯罪だ。

ていうか、テロ？

海外からの観光客も多くいる中でそんなことをすれば、警察沙汰《ざた》は避けられない。「いくらなんでもそこまで」というあーちゃんの言《げん》もわからなくはない。

だが、真涼はやる。

あの女なら、やる。

そもそも日本の法律《ルール》なんて屁《へ》とも思ってない女である。

現に俺は、昨日真涼から偽造パスポートとレバノン行きの航空券と大きな楽器ケースを手渡されている。パスポートには「ガリベン・チャン」というふざけたアジア系の偽名がつけられていた。「海外逃亡の資金よ」と、怪しさ満載の無地のクレジットカードまで渡された。

いやほんと怖いんだけど。

やっぱり、実行犯俺かよ!!

もちろん、言下《げんか》に断った。

真涼が立案した犯罪計画の片棒を担《かつ》がされるのを、断ったのだ。

断った時、真涼はさめざめと泣いてみせた。

「ひどいわっ、鋭太。元カノの私を犯罪者にして平気なの？」

「元カレを犯罪者にして平気な女に言われたくないな……」

「いいわもう！　私ひとりでやるから！　鋭太の馬鹿《ばか》！　チキン！　カス！　雑魚《ざこ》！　童貞！」

……などと、言いたいことを言って真涼は去って行った。

以降、俺はあーちゃんに事情を打ち明け、恋占いの石で待ち構えて警戒線を張っているのである。

それにしても、石の周りはすごい人だかりだ。

恋占いをする、ただそれだけのために、境内に長い長い行列ができている。圧倒的に女性が多いけど、男性もちらほら。ハネ高の生徒もたくさん混じっていて、我がクラスメイト・サッカー部の山本《やまもと》くんの姿も見える。真涼信者の彼のこと、やはり真涼との恋愛成就を石に願うのだろうか。キミの想《おも》い人、その石ぶっ壊そうとしてるんスけど。

「あれっ、えーくん何してるの？」

と、行列の中から声をかけてきたのは幼なじみ・春咲《はるさき》千和。

「エイタも、恋占いする？　一緒にしよ？」

隣には、前世彼女《元カノ》のヒメこと秋篠姫香《あきしのひめか》もいる。

わーい、する〜とお返事したくなるのをぐっとこらえて、俺は咳払《せきばら》いをした。

「もし真涼がここに現れたら、教えてくれないか」

「夏川が？　まっさかあ。来ないでしょ。『恋占い？　あらまぁ素敵ですね。目をつむって歩いて転んで石に頭ぶつけて死ぬがいい！』とか言ってたじゃん」

「問題ない。聖竜族《ドラグーン》に伝わる黄金の兜《かぶと》を準備してきた。備えは万全」

ヒメは工事現場の黄色いヘルメットを取り出し、あごひもを固く結んだ。ああ可愛《かわい》いなあマイガッデス。なあみんな、そんな石ころなんかよりヒメを拝もう。

「ともかく、頼んだぞ。見かけたら連絡をくれ」

恋占いの石の前から離れて、周囲を見て回ることにした。

境内へ続く石段のあたりに、行列とは別の人だかりがある。

その中心にいるのは、我が親友・遊井《あそい》カオルであった。

取り囲んでいるのは、ご多分にもれず女子である。まったく、どの雌もカオルくんカオルくんと、砂糖に群がるアリのような有様《ありさま》だ。

ハネ高一の美少年・カオルがモテるのは今に始まったことではないが――。

「あっ、鋭太」

俺を見つけると、カオルは少しホッとしたような顔を浮かべた。

「どうしてここに？　恋占いの石なんて、興味ないと思ってたけど」

「ああ、うん。まぁな」

言葉を濁す俺氏を突き刺す、雌《めす》どものまなざし。「邪魔よ！　とっとと行っちまえ！」と言わんばかりに殺気立っている。

俺が嫌われているのもあるかもしれないが、今回は少し事情が異なる。

……なんていうか、みんな、必死？

俺に対してのみならず、女子のあいだでもやや緊張した空気が流れているように感じる。表情は笑っているけど、お互いに譲《ゆず》らないというか。「カオルくんと一緒に境内を散策したい」「みんなじゃなくて、私と」。そんな雰囲気だろうか。

珍しいことである。

少なくとも、これまではありえなかった。

遊井カオルは、「みんなのもの」だから。

カオルは特定の彼女を作らない。ゆえに、女子も抜け駆けはしない。ハネ高女子の共有財産として、「みんなで」愛《め》でていきましょう——そういう暗黙の了解が成り立っていたのである。

それなのに——。

「ごめんねみんな。僕、鋭太と回る約束をしてたんだ」

カオルが言うと、女子から「えーっ!?」とブーイングがあがる。

俺は調子を合わせた。

「ああ、いつまで経《た》っても来ないから呼びに来たんだよ。早く行こうぜ」

「ごめんごめん。……そういうわけだから、みんな。じゃあね」

爽《さわ》やかな笑顔でそう言われたら、盛《さか》った雌どもも引き下がらざるをえなかった。

連中から少し離れた場所で、カオルはほっとため息をついた。

「ありがとう鋭太。助かったよ」

「お前も大変だな。……ていうか、ああいうのひさしぶりだよな。なんか懐《なつか》しい」

「懐かしい？」

「中学の時はよくああいうことあったからさ。遠足だの運動会だの、イベントがあると、お前の周りに女子が群がってさ。『遊井くんは私と行くの！』『いいえ私よ！』みたいな」

「……そう、だね」

「でも、高校に入ってからは珍しいんじゃないか？　あんな風に、みんな殺気だってるのは」

原因ははっきりしている。

カオル不可侵条約、そんなルールなど屁とも思わない金髪の破壊者が出現したせいだ。

まったく、姉妹《しまい》そろって……。

何かぶっ壊してないと気がすまないのか、あいつら。

見事に咲き誇る梅の花を眺《なが》めながら、境内を歩く。本当に見事な梅だ。もう少ししたら、桜も咲くらしい。「御車返《みくるまがえ》しの桜」と言われる名所のひとつで、あまりの美しさに、時の天皇が三度車を返して見入ったという伝説が残されている。

「占いだかなんだか知らないけど、目ぇつむってたら、この梅も桜も見られないのにな。まったく、恋愛脳どもは」

「あはは、そうだね」

「――最近、真那《まな》とはどうなんだ？」

ちょっとした好奇心で、聞いてみた。

「どうって？」

「いや……ほら、修学旅行のお土産《みやげ》を頼まれたりとか」

「ああ、そうだね。いちおう買っていってあげようかな」

と、カオルは素っ気ない。

ここ最近、真那は生徒会室に顔を出さない。以前はあれだけ入《い》り浸《びた》っていて、ブヒンブヒンうるさかったくせに。

まぁ――。

もともと、あの金髪豚野郎がカオルに気があるのは誰の目にもあきらかだった。

なにしろ鈍い俺にもわかるんだから、気づいてないやつなんてこの世にいないレベル。

しかし、ここ一ヶ月は、ちょっと様子がおかしいというか、あるいは別の症状が表れてきたというか——。

「でもさ」

梅の木を見上げながら、カオルは言った。

「恋占いの石って、ちょっと面白《おもしろ》そうだよね。僕もやってみようかな？」

「え」

「そんな意外そうな顔しないでよ。僕は別に恋愛アンチじゃないから、そのくらいいいんじゃない？」

なんて、カオルは笑うけれど。

……いるのか？

恋の成就を願う相手。

好きな相手が。

まさか、真那——ではない、と思うのだが。

「って、そうだ忘れてた！」

「どうしたの？」

「真涼、真涼を見張らないと！」

「夏川さん？」

俺はカオルを連れて、恋占いの石のところに駆け戻った。

ちょうど、千和の番が来ていた。

目をつむった千和が、両手を前に出してふらふらと歩いている。近くでヒメが固唾《かたず》を呑《の》んで見守っている。「一人で辿り着けたら、一人で恋が成就する」「助けを借りたら、恋の成就にも助けが必要」という言い伝えなのだ。千和は、ひとりでやり遂げるつもりなのだろう。

「チワワちゃん、頑張ってるねえ」

呑気《のんき》なことを言うカオルの隣で、俺は視線を周囲に走らせる。

あの銀髪の姿はない。

だが、現れるとしたらこのタイミングだと俺は踏《ふ》んでいる。千和の番である今この時が、もっとも可能性が高い。いったい、やつはどこから⁉

——その時だった。

ひゅんっ、という風を切る音とともに、真《ま》っ赤《か》な球が二つ飛んできた。

球は、ヒモで結ばれている。

千和の足元に投げつけられた。

ヒモが足首に絡《から》まり、千和の歩みを止める。「んげっ」という哀れな悲鳴とともにコケる千和。前のめりに、境内の硬い地面へダイブした。ああヒメよ。やっぱりヘルメット必要だったたな。

「なんだろ、あの球」

なんて首を傾《かし》げるカオルだが、俺にはすべてわかっている。

あれはアメリカン・クラッカー。別名カチカチボールとも言われる、アメリカ発祥のおもちゃである。日本では七〇年代にブームとなったが、「球がはずれて危険」「当たると痛い」などという至極当然な理由であっという間に廃《すた》れてしまったらしい。

そんな忘れられた遺物だが、俺にとってはまた別の意味がある。

そう。あれはジョジョ第2部！　ジョセフ・ジョースターが最初のワムウ戦で使用した武器！　シーザーのシャボンランチャーに対抗して生みだした必殺技ッ！

「名づけて、波紋クラッカーヴォレイ！」

衆目のなか響き渡るのは、悪の帝王の声。

いつの間にか現れて、恋占いの石を踏みつけて立つ女。なんて罰当たりな。これだけでもめっちゃ怒られるのは確定である。

「オホホホホホホホホホホホホ良いザマですねえ春咲さんッ!?　目をつむって歩いてたらダメじゃあないですかッ！　ちゃあんと目を開けて歩かないとッ！」

「な、夏川、あんたねえ……」

立ち上がろうとする千和だが、足首にヒモが巻き付いていて上手《うま》くいかない。

そんな千和を見下ろしながら、真涼は筆箱のような大きさのブツを取り出した。

「ご観覧の皆様、はじめまして。私は夏川真涼。夏の川が真に涼しいと書いて真涼と申します。サマーリバー・リアルクール。オーケー？」

外国人がぱしゃぱしゃ夢中で写真を撮っている。「オウ、クール」とか言ってる。いやいや。

「恋愛脳の皆様に大変残念なお知らせです。今からこの石っころをこの世から消します。跡形もなく破壊します。皆さんのミジンコのような恋も木っ端微塵《こっぱみじん》になりますので、よろしくお願い申し上げます」

並んでいた連中がどよめく。やばい。騒ぎを大きくしてはいけないッ。

「や、やだなあ真涼！　演劇の練習なら他所《よそ》でやれよう？　アハハハハハ！」

とりあえず俺氏、必死の取《と》り繕《つくろ》い。

そんな俺の努力を踏みにじるように、銀色はこうのたまう。

「あら鋭太。あなたが言い出したんじゃない。『どうせモテないしむかつくからあの石ぶっ壊そうぜ、お前が実行犯な』って。嫌がる私を手込めにして無理やり爆弾を持たせたくせに！」

「それはお前のほうだろうがッッ⁉」

と、必死の抗弁《こうべん》を試みるのだが、観衆の目が一斉に俺を突き刺す。「うわあ、最低」「自分がモテないからって」「みじめすぎる」とか聞こえる。見てくれだけは非の打ち所のない真涼と、ブサメンモテない君の俺、大衆がどちらの言葉を信じるかなんてあきらかだ。人は見た

目が十割なのは知ってるけど理不尽《りふじん》だぞこの野郎。

「いいかげんにしなさいよ夏川！」

ヒメの助けでようやくヒモをほどいた千和が立ち上がる。

「えーくんはモテなくないよ！　もちろん普通の人にはモテないけど、あたしたち限定なら
めっちゃモテるよ！」

ウン。嬉《うれ》しいけどねチワワさん。論点そこじゃない。

「チワワの言う通り。エイタは爆弾なんか使わない。宿命の黒き黒炎《フェイトダークブラックフレイム》で、どんな石でも原子
のレベルまで粉砕できる」

やめろヒメ。それはフォローになってないッ。

ますます騒ぎが大きくなる中、ようやく頼りになる援軍が現れた。

「タッくん！　千和！　ともかく夏川さんを取り押さえて！」

駆けつけたあーちゃんの言葉で、はっと我に返る。

俺は千和と頷《うなず》き合い、左右に分かれて恋占いの石に迫《せま》った。真涼を挟《はさ》み撃《う》ちにするのだ。

「フフフ。さあ、止めてごらんなさいッ」

真涼はまた新たなクラッカーを取り出して、千和めがけて投げつけた。

「同じ手は食わないって！」

くるくる回転しながら迫るクラッカーを、千和は左にステップを踏んでかわした。目標を

失った鉄球二つは、境内の桜の木にぶち当たる。

「観念しなさいっ夏川！」

目前まで迫った千和を見て、真涼はニヤリと笑う。

桜の木に当たったクラッカーが、謎の弾力を見せて跳ね返った。再びくるくる回転して、無防備になった千和の後頭部をごーん、もひとつごーん、と直撃した。痛そう。超痛そう。

ワムウみたいに頭がえぐれなくて良かった。

「名付けて、クラッカーブーメランっ！」

またも地面に這《は》いつくばる千和を見下ろし、勝ちどきをあげる真涼さん。原作読んだ時もよくわかんなかったけど、ほんと、どういう原理で跳ね返ってきたんだ？

ともあれ、今が好機ッ。

千和の頭を踏みつけて「とどめッ！」を刺そうとする真涼の腰に、俺はタックルをかました。二人して地面を砂だらけになって転がり、やつの手から箱を取り上げた。

「もう鋭太ったら、こんな人前で押し倒してくるなんて……」

ぽっ、と頬《ほお》を染めてみせる真涼さん。もちろん演技である。計画失敗とみるや、即座に俺を悪者に仕立て上げようとする。その狡猾《こうかつ》さたるや、地獄の悪魔も恥じらうほどだ。

周囲からは、何故《なぜ》か拍手が起きていた。どうも何かの大道芸だと思われているらしい。

「面白いアトラクションだなあ」「さすが京都だなあ」とか、イガグリ頭の学生服どもがつぶやいている。いや京都関係ないから。府民の皆様に申し訳ない。

そんななか、真涼の箱を改めていたあーちゃんが蒼白《そうはく》な声で言った。

「タッくん、これ……」

箱の中から出てきたのは——三本のダイナマイト。

輪ゴムで雑にまとめられているのが、かえって妙なリアリティがあって嫌だ。

「ま、まさか本物じゃないわよね？　あ、あははは」

なんて笑うあーちゃんだけど、さすがに頬が強張《こわば》っている。

地面で俺と抱き合ったままの真涼が、しれっとのたまった。

「大丈夫ですよ冬海さん。いざとなれば、鋭太が呑み込《こ》んで腹でドモンしますから」

「俺の腹はあんなカエルみたいに膨《ふく》らまねえんだよ！」

と。

ジョジョジョジョジョしい会話が繰り広げられる、京都地主神社。

まあ、「自演乙《じえんおつ》」らしい修学旅行になったのではないでしょうか——。

恋する♥受験生！
応援号！

JK読者モデル

チワワ

に5つの質問！

Q1 カレシと勉強デート♡　場所はどこ？

えーくんち！

Q2 カレシとおそろい勉強グッズ♡　何を持つ？

おべんとばこ！

Q3 カレシが模試で失敗。なんて励ます？

「次いこー、つぎ！」

Q4 もし、自分だけ受かったらどうする？

んーーーーー、フクザツ！

Q5 じゃあ、カレシだけ受かったら？

えっ？　ダメだよそんなの！

#パチレモンからひとこと

最近チワワさんが
普通の女の子に見えてきました。

#2 旅の帰路にて修羅場

そんなこんなで、三泊四日の修学旅行は幕を閉じた。

京都駅《きょうと》から新幹線に乗り込み、我が故郷・羽根《はね》ノ山《やま》への帰途《きと》に着く。

およそ三時間の旅路である。

行きはにぎやかだったが、帰りは静かである。祭りの後、というやつか。おしゃべりの声も少なく、座席で眠りこけている連中が大半で、一組で貸し切りの車両はどこか気怠《けだる》い雰囲気に包まれていた。

これらは、まぁ、修学旅行あるあるである。特筆すべきことではない。

俺《おれ》が驚いたのは――。


「どうしたの？　鋭太《えいた》」

俺の隣、窓際《まどぎわ》の席でスマホに目を落としていたカオルが口を開いた。

「いや、なんか俺みたいなやつが増えたな、と思って」

反対側の座席を視線で指し示す。

そこには、一組女子のリーダー・赤野《あかの》メイが座っている。こいつがいるところ必ずおしゃべりが巻き起こるのだが、今日は口を閉ざしている。それもそのはず、彼女はじっと、膝《ひざ》上に置いた単語帳とにらめっこしているのだった。まるで、ガリ勉の誰《だれ》かさんみたいに。

「メイちゃんはね――」

カオルが声を潜《ひそ》めた。

「三学期末のテスト、赤点スレスレだったらしくて。このままだと受かる大学なんかないぞって、先生に脅《おど》されたらしいよ」

「ふうん……」

いつも明るくて騒《さわ》がしいあの赤野でも、そういう風になるのか。

「メイちゃんだけじゃないよ。この修学旅行を境《さかい》に、みんな受験モードに切り替わるんじゃないかな。ほら、後ろも――」

耳を澄ませると、後ろの座席の男子二人の会話が耳に入る。いやに深刻な声で、志望校をどこにするかについて話し合っていた。あの大学は穴場だ、とか。こないだの模試がB判定だった、とか。

「まぁ、みんな自分の人生がかかってるからな」

そう言うと、カオルはくすっと笑った。

「鋭太にしてみれば、今さらなんじゃない？　この時期になって何あわてててるんだ、みたいな」

「そんなことはないよ」

「鋭太は入学当時から、ずーっと医学部推薦を目標に勉強してたもん。僕らとは目的意識が違うよね。本当、鋭太はすごいよ」

「ひたすらガリ勉してただけだよ」

カオルはふっと遠い目つきをした。

「いよいよ最後の一年だね。高校生活」

「ああ」

「受験まであと一年足らず。鋭太の場合は九月が推薦入試だから、あと半年かな」

「その前に、推薦を勝ち取らなきゃいけないけどな」

一学期末までの成績で、学校から推薦がもらえるかどうかが決まる。

つまり、あと四ヶ月足らず。

季堂《きどう》鋭太の運命が決まるまで、あと四ヶ月――。

そのとき、小さな手が俺の手の上に置かれた。

カオルの白い手。

女の子のように華奢《きゃしゃ》な手が、さりげなく俺の手を握ってきたのだ。

「大丈夫だよ、鋭太なら。絶対受かる」

「……うん」

「鋭太が頑張ってきたのは、僕が一番近くで見ていたからね。あーちゃんやチワワちゃん、秋篠《あきしの》さん、夏川《なつかわ》さんよりも、誰よりも近くで」

「………」

なんか、妙だな。

いや、カオルの言葉は本当にありがたいし、嬉《うれ》しいんだけど。

こんな、直接的な接触をしてくるやつだったかな……？

「そういえば、カオルは大学どこ受けるんだ？　進学するんだよな？」

親友は平坦《へいたん》な声で答えた。

「さあ。多分、県内のどこかじゃないかな？」

なんて、まるで他人事《ひとごと》みたいな言い方をする。

「どこかって、どういうことだ？」

「進学先は、僕が決めるわけじゃないから」

ますます、よくわからない。

どういうことか尋ねようとした時――。

「二人とも、ずいぶん真面目《まじめ》なお話をしているのね？」

振り向けば、通路に真涼《ますず》が立っていた。微笑してはいるが――その蒼《あお》い瞳《ひとみ》は、俺の手を握るカオルの手元を注視している。

「やあ夏川さん」

カオルは手を放すかと思いきや、ますます強く俺の手を握ってきた。

「夏川さんって、本当に自由だよね」

「あら、どういう意味かしら？」

「例のパチレモンっていう雑誌のイベント、大成功だったそうじゃないか。ネットニュースで見たよ。大人気女子高生プロデューサーだって。自分のやりたいことを自由にやってて、本当にすごいと思うよ」

「たいしたことではありませんよ」

さらりと真涼は答えた。

「成功するかどうかはともかく、自由にやるだけなら誰にだってできるでしょう。もちろん、あなたにだって」

「はは、僕？　僕はダメだよ。夏川さんみたいな才能も、度胸もないからね」

カオルは微笑した。

「まぁ、そういうことにしておきましょう」

真涼も微笑して、その話題を収めた。

だが、その視線はあいかわらず俺たちの手元に注《そそ》がれている。

「ところで遊井《あそい》くん。うちの真那《まな》がずいぶんお世話になっているそうね？」

「別にお世話なんかしてないよ」

「生徒会のお仲間に入れてもらえて、ずいぶん仲が深まったのではないかしら？　遅ればせながら、どうぞよろしく」

なんて、真涼は頭を下げてみせる。

カオルは微笑したままそれを受け入れたが――握る手に、少し力がこもったのがわかった。

俺は咳払《せきばら》いをした。

「それで、真涼。何しに来たんだよ」

「ああ、そうだったわ。鋭太に話があるの。ちょっとデッキに行かない？」

カオルは俺の手を放した。

「いいよ鋭太。行ってきなよ」

「うん……」

席を立った。

にこにこと見送るカオルを尻目《しりめ》に、真涼と共にデッキへ出た。

そこには誰もいなかった。ゴミ箱もトイレもない車両である。ただゴーッという走行音が地鳴りのように響き渡り、窓の景色が後ろへ飛んでいく。

「思い出すわね」

真涼は懐《なつか》しげな声を出した。

「去年の夏、新幹線で東京《とうきょう》に行ったじゃない。あれからもう半年よ。すごいと思わない？」

「体感、三年くらい前に感じるな」

同意しつつ、車窓を眺《なが》める。

あと一時間もすれば、羽根ノ山に着く。

明日から四月。

俺たちは最高学年へと上がり、同時に「受験生」と呼ばれる存在となる。

「私にとってもあなたにとっても、運命の一年が始まるというわけよ」

「そうだな」

俺は言わずと知れた、医学部受験。

そして真涼は、あの親父《おやじ》から「自由」を勝ち取るため、望まぬ政略結婚を突っぱねるため、プロデューサーとして成功を収めるという大事業がある。

それぞれに成功を収めねば、未来が閉ざされる。

この二年間の努力が、水泡《すいほう》に帰す。

「でも、お前の場合はほとんど成し遂げたようなもんじゃないか？　この前のイベントで、あの親父をぎゃふんと言わせたわけだし。パチレモン復活はもう目前じゃないか」

「甘いわよ、鋭太」

真涼は鋭く言った。

「あの男があの程度であきらめるはずないでしょう。これまで以上に、あの手この手を使って、私の〝独り立ち〟をあきらめさせようとするはずだわ」

「それもそうか」

あれでおとなしく引き下がってくれる相手であれば、真涼がこんな張りつめた顔をする必要はないわけで。

「お互いの運命がかかった戦いよ。それだけに、万難《ばんなん》を排していかなければならないわ。これまで以上に注意深く、計画を進めなくてはならない」

「同感だけど、具体的には？　万難ってなんのことだ？」

真涼は答えた。

「遊井カオル」

「え？」

「彼、あなたに何か隠しているわよ」

思わず、真涼の顔を見つめ返した。

「何かって、なんだよ」

「そこまではわからないわ。でも、さっきのやり取りで確信した。彼は何かを企《たくら》んでいる」

「根拠は？」

「真那の様子がおかしいのよ」

真涼の顔は真剣だった。

「前からおかしかったけど、ここ最近は本当に輪をかけておかしいわ。私ともほとんど話さないし」

「お前ら姉妹《しまい》の仲が悪いのは、元からじゃないか」

「ええ。知っての通り、口を開けばケンカケンカケンカケンカだったわ。――けれど、最近はそのケンカそのものが起きないのよ。なんだか私、避けられているみたい。理由を聞いても、うつむいて返事もしないし」

「……それは、確かに変だな」

相手に何か含むところがあるなら、面と向かってブヒンブヒン罵倒《ばとう》してくるのが、真那が金髪豚野郎である所以《ゆえん》である。

金髪豚野郎がブヒンと鳴かなくなったら、もうそれ、ただの金髪じゃないか。

「自宅でもそんな感じだそうよ。口数が少なくて、ため息ばかりついて。食事もあまりとらないんですって。付き人の安岡《やすおか》氏が私に相談してくるくらいだから、相当よ」

「あの安岡さんでも、お手上げなのか」

ずっと真那の付き人をしている、黒服の大男の顔を思い浮かべた。タフで、機転が利《き》いて、頼りがいがあって。あの人の困り果てた顔など想像できないが……。

「真那がそんな風になるなんて、遊井カオル絡《がら》み以外では説明がつかないでしょう?」

「まぁ、そうだな」

同人誌が売れないとか、そんなレベルの悩みじゃないのはわかる。

「じゃあ、カオルに告白してフラれたとか？」

真涼は首を振った。

「私も最初はそう思ったんだけどね。その割りには、単純に落ち込んでるって感じじゃないのよ。これは勘に過ぎないけれど、それだけじゃないと思う」

「じゃあなんだっていうんだ？」

「これも、勘だけれど」

いったん間を置いてから、真涼は言った。

「偽彼氏《フェイク》の件。真那の口から、遊井カオルにバレたのかもしれないわ」

「——何？」

「真那が口を滑らせて、彼にそれを話してしまった。その時、真那は彼に何かされたか、言い含められたか。ともかく、彼に取り込まれてしまったのよ。それで、様子が変わってしまった。そういう仮説は成り立たないかしら？」

「…………」

それが何を意味するのか。

結論を出すまで、少し時間がかかった。

「……そうか。それは、ありえるかもだけど」

「だけど？」

「だけど、知られたからどうだっていうんだ？　カオルが今さら偽彼氏のことを知ったからって、何がどう変わる？　現にカオルのお前に対する態度は変わってないし」

「……まぁ、それはそうだけど」

「カオルがお前に腹を立てるとしても、千和《ちわ》やあーちゃん以上ってことはないだろ？」

年末年始にかけて、自演乙《じえんおつ》で巻き起こったあの騒動を思い出す。

二人があんなに怒ったのは、「恋仇《こいがたき》」である真涼がアンフェアなことをしたからだ。ずっと騙《だま》されていたと気づいたからだ。だからこそ、千和が退部届を出す事態にまで至ったのである。

男性であるカオルが、千和たちのように激怒する理由は薄いように思うが……。

「ともかく、要警戒よ。彼」

そんな風に、真涼は話を結んだ。

「お前の思い過ごしだと思うぞ。あの優しいカオルに限って、滅多《めった》なことはないよ」

特に根拠はないのに、そう言った。

単純に俺がそう思いたかったのかもしれない。

真涼は「だと良いわね」と、素っ気なく応《こた》えただけだった。

◆

真涼と別れて席に戻った。

カオルはいつもと同じ、にこやかな笑《え》みで迎えてくれた。

「夏川さんの話、なんだったの？」

「い、いや、部活のこととか」

狼狽《ろうばい》が顔に出たと思う。まったく、俺は嘘《うそ》が下手くそである。よくもまぁ、偽彼氏なんてやってられたなあなんて、今にして思う。

「ふうん――」

カオルはじっと俺の顔を覗《のぞ》き込んだまま、しばらく沈黙していた。

それから、優しい声を出した。

「ね、鋭太。ハーレムに疲れたらいつでも僕のところにおいでよ」

「なんだよ、急に」

カオルが顔を近づけてくる。綺麗《きれい》に切り揃《そろ》えた髪が間近で揺れる。

俺の鼻腔《びこう》をくすぐるのは――あの時と同じ香り。

遊井カオリ。

カオルの双子の妹――と、されている少女と同じ香りだ。

「僕は、強制も何もしないから」

静かに、その声が俺の鼓膜《こまく》に届く。

「僕はただ、鋭太を待ってる。みんなが君の元からいなくなっても、僕だけは、ずっと、静かに待ち続けているからね」

「…………」

聞き流すには、あまりに意味深な言葉だった。

どういう意味か尋ねようとしたとき、

「やっほー、えーくん!!」


いきなりの声に振り向けば、今度は千和が立っていた。

目を丸くして、俺とカオルを見比べている。

「どしたの？　そんなカオルくんとなかよーくしちゃって」

「い、いや、これは……」

思わず俺はカオルから体を離した。

カオルはにっこりと笑って、

「やだなあ、チワワちゃん。僕と鋭太は親友なんだから。仲が良いのは当たり前じゃない」

「それもそっか」

なんて、千和はあっけらかんと流してしまった。

「ねえ、えーくんっ。ちょっとお話ししよ？　実は春休みに行きたいラーメン屋さんがあってさあ！」

「じゃあ、ここ空《あ》けるよ」

カオルはすっと立ち上がり、千和に席を譲《ゆず》った。

「ありがとーカオルくん！」

「どういたしまして」

紳士然とした笑みを浮かべるその振る舞いは、まぎれもなく「みんなのカオル」。

優しいカオルのものだった。


中学生以来の親友。

誰にでも優しくて、穏やか。

爽《さわ》やかなイケメン。

男子からも女子からも好かれる、みんなの人気者。

そして、俺の最大の「理解者」。

俺の知っている遊井カオルは、そういう人間だ。

だけど。

まだ、俺の知らないカオルがいるのか？
高校生活も終盤、クライマックスだっていうのに。
まだ明かされない秘密が、謎《なぞ》が、俺の周りにはあるっていうのか？

赤柱
夏川真涼
なつかわますず
修羅滅の刃《しゅらめつのやいば》

#3 みんな受験生と化して修羅場

四月七日。

進級の初《しょ》っぱなから、すでに教室の風景はこれまでとは異なっていた。

今日の一限目は、自習。

担当の先生が出張中とのことで、プリントすら課されない自由学習の時間となった。こんなの、遊んでくれと言ってるようなものだ。教室にはたちまちおしゃべりの花が咲き誇《ほこ》り、席を移動して仲良い者同士で固まる女子や、大胆にもスマホを取り出してゲームを始める男子まで出る始末だった——今までは。

だが、今日はそんな不心得者《ふこころえもの》はほとんどいない。

いつも自習となれば鏡を取り出してヘアスタイルを整えていた坂上《さかがみ》弟も、複数の女子とおしゃべりしていた赤野《あかの》メイも、ちゃんと真面目《まじめ》に勉強している。

まったくの静寂《せいじゃく》ではない、話し声も聞こえるのだが、その内容はわからないところを友達に聞いたり、あるいは英単語の発音を呟《つぶや》いていたり、そんな声ばかりだった。

「…………」

そんなクラスメイトたちを眺《なが》めて、思わずはーっとなる俺《おれ》。

こいつらもやればできるんだなあ。

……などと、えらそうに思ってしまった。

なにしろ、今までが今までである。

ずーっと、一年のときから、自習時間に自習していたガリ勉俺氏のことを、「季堂《きどう》って変わってるなあ」みたいな目で見てきた連中が、自習時間に自習しているのである。そりゃ感慨《かんがい》にも浸《ひた》ろうというもの。浸りすぎて、俺が今この教室で一番不真面目である。

まぁ、こいつらがこうなっても、不思議じゃない。

三年生だもんな。

受験は一生にかかわる問題だ。

二年三学期最後の進路指導で、厳しいことを言われたやつもいるだろう。心を入れ替えて真面目にやろうというやつが出てきても不思議じゃない。

ハネ高そのものにも、変化が訪れている。

県立羽根《はね》ノ山《やま》高校は特段の進学校というわけではないから、そこまで受験に躍起《やっき》になるやつは珍しい——というのは過去の話で、最近は進学にも力を入れているという話だ。元風紀委員長のアホ毛先輩や、元生徒会長の星宮《ほしみや》くるみ先輩が結構いい大学に行って、実績が積み重なってきているのだ。

思えば先月から、先生に声をかけられることが多かった。

「お前には期待してるぞ」とか、「あいかわらず頑張ってるな」とか「風邪《かぜ》ひくなよ」とか。

今まで話したことのない先生にまで顔を覚えられていて、励まされたりした。

あれはつまり、そういうことだったのだろう。

まぁ――今さら言われるまでもない。

俺は俺のために頑張るだけである。今まで通り、俺にとっての「当たり前」を、着実にこなしていくだけだ。学問に王道なし。地道な積み重ねこそすべて、だ。

そういうわけで、俺も勉強に取りかかろうとしたその時――。

「季堂くん、ちょっといい？」

声をかけてきたのは、青葉《あおば》という女子である。

赤野メイとよくつるんでいる。下の名前……えーと、なんだっけ。まぁいいや。ともかく青葉が、英文法の問題集を持って目の前に立っている。

「ここ、どうしてもこの答えになる理由がわかんないんだけどっ。教えてくれない？」

「ああ、そこは関係代名詞絡《がら》みのやつで……」

彼女が挙げた問題は、俺氏が二年の一学期に通過した場所である。

ちょいちょいと解き方を教えてやると、青葉は目を輝かせた。

「ありがとう！　教え方、マジ上手《うま》くない!?　季堂くん神だぁ！」

「そんな、おおげさな」

「ホントだって！　……実はさっき最上《もがみ》さんにも聞いてきたんだけど、よくわからなくって。

『出題者に聞いたほうが早いんじゃない？』とか言われた」

声をひそめて青葉は言った。

カラオケ魔神こと最上ゆらは、廊下側の最後列でのんびりと、今日も見事に編み上がったおさげの枝毛取りに勤《いそ》しんでいる。もともと地頭が良い「はにはにほー」のこと。他人が理解できるように教えるのは向いてないだろう。はにはにほー。

俺氏は違う。

自他共に認める、凡人中の凡人である。

ゆえに、凡人の気持ちがわかる。つまずくポイントも似てるからわかる。

……なるほど、教えるの向いてるのかもな。

「季堂、俺にも教えてくれっ！」

青葉が去った後、坂上弟が駆け寄ってきた。こちらは数学の証明問題。これまた、俺氏が去年の夏休みに通過した場所だった。

「季堂くん、次はあたしね！」

「その次は俺な！」

「その次の次、俺、予約！」

おいおい……。

次から次へと群がってくるクラスメイトたち。

これじゃあ、自分の勉強をしてるヒマがないじゃないか。

「大人気じゃない、鋭太《えいた》」

隣の席の銀髪悪魔が、独り言みたいに言った。

今や時代の寵児《ちょうじ》となった女子高生プロデューサー様は、もちろん自習なんかしてない。机に堂々とノートPCを広げて、さっきからカチャカチャ、ッターン。俺に話しかけてる今この時も、休まずキーを叩き続けている。

「この調子ならお金取れるんじゃない？　マネタイズするつもりがあるなら、相談に乗るわよ。コンサル料は元カレのよしみで格安にしてあげるわ」

「いらねえよ」

まったく、最近は口を開けばビジネスだのマネタイズだの。なんでも商売にしようとするんだから。

「ハーレム野郎、四股《よんまた》野郎だのなんだの言われてきたあなたが、周りからこんな風に受け入れられるなんてね。ガリ勉がついに報《むく》われたってところかしら」

「別にそのために勉強してたんじゃねえよ」

「わかってるわよ。あなたが勉強してきた理由くらい、私はようく知っているわ」

そう言って、真涼《ますず》は沈黙した。

……まぁ。

確かに、悪い気はしない。

周りから頼られるっていうのは気分がいいし、それに応《こた》えられる自分を誇らしく感じる。

真涼が言う通り、別にそのために勉強してきたわけじゃないけれど。

このくらいの余禄《よろく》は、あっても良いだろうさ。

◆

自演乙《じえんおつ》の部室にも、受験の波が押し寄せていた。

ドアを開けると、すでに千和《ちわ》とあーちゃんが来ていた。二人とも机の上で参考書を広げている。千和はわからないところをあーちゃんに聞いていたようだ。

「だからね、ここはさっき出た解を代入して解けばいいのよ」

「さっきって、どのさっき？」

「このさっきよ。さっき教えたでしょ？」

「だからどのさっきなのー？」

どうやら難航しているようである。

「あっ、えーくん！」

俺を見つけると、千和が立ち上がって手招きした。

「ねー、ここ教えて？　愛衣《あい》の教え方じゃわかんないの」

「千和の理解力が足らないだけでしょ！」

あーちゃんはぷりぷり怒っている。

「タッくんは自分の勉強で忙しいんだから。あんまり聞いちゃだめよ」

「いや、いいよ。このくらい」

教えるのは自分の知識の確認にもなるし、記憶も定着する。

千和にもわかるよう、なるべく噛《か》み砕《くだ》いて解き方を教えた。いつでもまっすぐ火の玉ストレートなチワワさんに、回りくどい言い方は禁物《きんもつ》である。

「やっぱえーくんの教え方、わかりやすいなー」

「ありがとよ」

「あたしのクラスでも噂《うわさ》になってたもん。季堂センセイの教え方マジやばいって」

あーちゃんがウンウン頷《うなず》く。

「受験生になって、ようやくみんながタッくんのすごさに気づいたのよ。遅すぎって感じだけど、まぁ、気づかないよりは良いわ」

「そんな大層なもんじゃないけどな」

鼻の頭をぽりぽりとかく。なんだかむずがゆい。

扉が開いて、ヒメとリス子が入室してきた。ヒメはスケッチブックを大事そうに抱え、リス子は大きなノートPCとタブレットを重そうに持っている。

「エイタの偉大なる知性がこの世界を支配する日も近い。喜ばしきこと」

定位置の小上がりに荷物を置いて、ヒメが言った。会話が聞こえていたらしい。

リス子はノートPCのコンセントを差し込むと、何やら作業を始めた。

「どうしたんだ、そのPC」

「りっちゃんが家から持ってきてくれた。我が『金色《こんじき》の暗黒天使団』は、デジタル環境に移行する！」

びしっ、と決めポーズを取るヒメ。

「へー。でじたるかあ。……でじたるってなに？」

どこからか取り出したタルタルカツサンドの包装を剝《む》きながら千和が言った。勉強もう終わりかよ。

「パソコンで絵を描いたり色を塗ったりすること。原稿作業が比較的容易になる」

「へー。最近のぴこぴこちゃんは、そんなことまでできるんだね」

「今は多くの漫画家やイラストレーターがデジタルに移行している。我々も時代の波に乗っていく」

今度はヒメ、両手を水平に突きだしてバランスを取るようなポーズをした。……もしかしてサーフィン？

あーちゃんが言った。

「だけどヒメちゃん、勉強しなくていいの？　前に聞いた時は、進学するって話だったけど」

「肯定。ただし、大学には行かない。デザイン系の専門学校に進む」

おお、と千和が声をあげる。

「専門って、どこの？　東京《とうきょう》とか？」

「否定《ひてい》。羽根ノ山デザインスクール」

駅前にある専門学校の名をヒメは挙げた。数年前に出来た巨大ビルで、そこにまるごと、いろんな専門学校が入居している。

「地元で絵の勉強をしながら、旅館の手伝いをしつつ、パチレモンのモデルを続ける。そういうことで現世の親や姉とは話をしている」

偽彼氏《フェイク》のことを千和とあーちゃんに打ち明けたなら、羽根ノ山に残ってパチレモン専属モデルを続ける——。

真涼との約束を、ヒメは守ってくれるつもりのようだ。

「じゃあ、ヒメちゃんも羽根ノ山に残るのね！」

あーちゃんが笑顔で言った。

「私が神通《じんずう》大の法学部、千和が教育学部、タックんが医学部。そしてヒメちゃんがデザインスクールと。みんな地元にいるなら、卒業した後でも会えるわね！」

「あたしのほうは、ちょっと怪しいけどね」

千和は弱気な顔を覗《のぞ》かせた。

「こないだの模試、E判定だったんだよね。先生にも、志望校変えたほうがいいって言われちゃった」

「第二志望はどこなの？」

「金澤《かなざわ》大学の教育学部」

「お隣の県じゃない。いちおう、自宅から通える範囲でしょ？」

「そこも、C判定なんだよね」

「……あ～」

しょぼんと落ちた千和の肩を、あーちゃんはぽんと叩《たた》いた。

「勉強、頑張りましょ。千和だけ予備校通いとか嫌でしょ？」

「ぜったいヤダ！」

確かに、それは地獄であろう。みんな大学生となり、新生活の話を明るい顔で語るなか、ひとり未《いま》だに受験生。現役《げんえき》より過酷な浪人生活になるのは想像に難くない。

「東京とか他の県なら、あたしでも入れる教育学部はあるけどさ。そしたらえーくんやみんなと会えなくなるし」

千和は教師を志《こころざ》している。ゆえに、選択肢は教育学部のみ。自宅から通える範囲の教育学部は、国立の神通大学と、隣県にある私立の金澤大学にしかないのだった。

あーちゃんがふっとため息をついた。

「ま、私も千和のこと言ってられないんだけどね。もっと頑張らないと」

「えー、愛衣は楽勝でしょ?」

「そんなわけないじゃない。神通大の法学部よ? A判定とB判定を行ったり来たりよ」

あーちゃんの志望校は、法学部の中でも名門である。遠方からも多くの受験生が来るため、かなりの倍率、難関となる。定期テスト学年五位内をキープするあーちゃんでも、楽なハードルではないようだ。

「だから私、風紀委員長を辞めることにしたの」

突然の告白に、千和とヒメが声をあげた。

「え、え、マジ? 愛衣、風紀委員じゃなくなっちゃうの?」

「衝撃……。エルフの耳が尖《とが》らなくなるようなもの」

ヒメの喩《たと》えはよくわからないが、ともかく驚いているようだ。

「ああ、風紀委員自体は辞めないわよ? いちおう籍だけは置いておくから。だけど委員長は新二年生の雪原《ゆきはら》さんに譲《ゆず》って、私は後見人《こうけんにん》みたいなポジションね」

俺は雪原という女子の顔を思い浮かべた。あーちゃんに憧《あこが》れて、髪型まで真似《まね》しているという信者っぷりを発揮していた。学園祭でも傍《かたわ》らにくっついていたのを思い出す。

「そうか。あの子に継がせることに決めたんだな」

「ええ。先月のイベントの仕事ぶりを見てね」

あの時、想定以上に詰めかけた客をさばくのを彼女は手伝ってくれた。なかなか見事な手腕《しゅわん》で、水木《みずき》みかん編集長も「うちのスタッフに欲しいですねえ」なんて褒めていたくらいだ。

「近々、全校集会で発表することになると思うわ。これからは毎日ここに来て勉強するわよ」

「いよいよ、あーちゃんも受験モードに突入ってわけだな」

「そうね。私たちはこれからって感じだけれど……タッくんはいよいよ大詰めよね」

あーちゃんはあらためて俺の顔を見つめた。

千和やヒメの視線も俺に集まる。

「えーくんの推薦が決まるの、一学期末だもんね」

「あと三ヶ月と少ししかない。クライマックス」

「中間と期末で一番を維持すれば、決まりって感じかしら？」

俺は首を振った。

「推薦が決まっても、九月の入試に受からないと意味ないからな」

「だけど推薦って『絶対受かる』っていう生徒にしか出ないんでしょ？」

あーちゃんの言う通りで、基本的には推薦をもらうイコール合格である。推薦もらったのに落ちた、なんて話は聞いたことがない。試験自体をすっぽかすとか白紙で答案を出すとか、わざと落ちようとしない限りは受かるだろう。

「油断は禁物だからな。万が一、落ちた時はみんなと同じ一般入試で受けるから、気は抜けないよ」

「一般入試の場合、奨学金は出ないんでしょ？」

「ああ。冴子《さえこ》さんに負担はかけたくないから、推薦で決めたい」

パチレモン復活のおかげで、冴子さんの収入はあがっている。とはいえ、医学部進学はともかくカネがかかるから、なんとしても地域推薦枠の奨学金を勝ち取りたいところだ。

「えーくんなら大丈夫だよ、絶対！」

「エイタの頭脳にはわたしの聖なる加護が宿っている。問題ない」

「この二年間の努力は報われるわ。あ、風邪とかはひいちゃだめよ？」

と、三人の乙女《おとめ》に言ってもらえるのは心強い。

何よりのエールって感じだ。

ところが――。

「好事魔多《こうじま》し！」

と、不吉なことわざとともに、爆破《ばくは》テロ未遂犯の銀髪が入室してきた。なんだろう。あのウェイトレスに触発されでもしたのか？

机に鞄《かばん》を置いて、俺たちをふんと見回す。

「物事が上手く行きそうな時こそ、得てして邪魔が入るものです」

「邪魔ってなんだよ」

「たとえば推薦入試当日、何者かの手によって鋭太の自宅が爆破されるとか」

「……」

それ、犯人お前じゃん。絶対。

あーちゃんが尋ねた。

「そういう夏川《なつかわ》さんは、進路決まったの？　進学するんでしょう？」

「ええ。プリムロード大学でほぼ決まりかと」

「プリムロード。魔界のどこにあるの？」

ヒメが首を傾《かし》げる。魔界にあると決めつけているのがヒメらしいが、確かに名前からして日本ではない。

「スウェーデンにある名門ですよ。経営、経済の分野で有名で、多くのベンチャーを輩出《はいしゅつ》しています」

どれどれ、とスマホで検索してみた。

……マジだ。ウィッキー先生によれば、ベンチャーで成功した多くの富豪が卒業生に名を連ねている。「プリムロード大学の灼熱《しゃくねつ》授業」みたいな本も出版されている。日本でいう東大《とうだい》や京大《きょうだい》、あるいはそれ以上のポジションなのだろう。

あーちゃんが聞いた。

「そんなすごいところ、受かるの？」

「英語が使えれば」

しれっ、とのたまう真涼さん。最近は仕事絡みで英語で電話しているのもよく見かける。

「普通のテストは英語だけで、あとはオンライン面接だけなんですよ。今、私がしている仕事をアピールするつもりです。まあ、受かると思いますよ。落ちたらその時考えます」

なんて、絶対の自信を持っているようだ。

まあ、真涼ならクリアするだろう。

面接というのなら、この悪魔の舌先でどうにでもなる。イベントで何千人という観衆を魅了してみせた真涼である。入試ごとき、赤子の手をひねるようなものだ。

「スウェーデンって、ソフィアさんの出身国だよな？」

「ええ。母の母校だそうです」

ふ、と真涼は遠い目をした。

この悪魔に限って、そんな縁で志望校を決めた、ということはないのだろうけれど。

少なくとも、以前のようなわだかまりは、お母さんとの間にはないいんだろうな。

……良かった。

「いやあ～、良かったねえ夏川!!　おめでと－!!」

千和がやたらニコニコ、いやニヨニヨしている。

わざわざ立ち上がって歩み寄り、真涼の肩を揉《も》み始めた。

「プリンアラモードなんて、そんな美味《おい》しそうな大学に行くなんて。さっすがだな～。あこがれちゃうな～」

「プリムロードです」

ぐいぐい肩を揉まれて体を前に折りながら、真涼は怪訝《けげん》な顔をする。

「あ～、でも、海外と日本で離ればなれになっちゃうのか－。さみしくなるね－。ヨヨヨ～」

ヨヨヨ～、と床に膝《ひざ》をついて泣き崩《くず》れるチワワさん。う－ん。ほんとにこいつ、演技下手だなあ。

真涼は冷たい目で見下ろして、

「言っておきますが、日本にはしょっちゅう帰ってきますよ。仕事がありますので」

「チッ」

「いま、舌打ちしましたか？」

うーうん？　と千和は首を振るが、目が笑ってない。「さっさとスウェーデンでもどこでも行け！　帰ってくるな！」という目と、「思い通りに行くと思うなこの残念チワワ！」という目が交差している。あいかわらずというか、なんというか。

「と、ともかく、全員希望の進路に進めると良いわよね！」

険悪な空気を取《と》り繕《つくろ》うように、あーちゃんがメてくれた。

まぁ、結局はそれに尽きるよな。

俺も、千和も、ヒメも、あーちゃんも。そして真涼も。

全員が、それぞれの道に向かって歩み始めている。

卒業まで、あと一年。

この部室の空気を共有できるのも、あと一年――。

「ところで」

真涼が口を開いた。

「真那《まな》の姿が見えないようだけれど、今日も欠席かしら？　紅葉《もみじ》さん、何かご存じ？」

小上がりでＰＣとにらめっこしているリス子が「なぁ～っ」と鳴いた。俺にもだいぶ翻訳《ほんやく》できるようになってきた。これは「私は何も知りません」の鳴き方。ハネ高はクラス替えがないので、今年もリスと豚は同じクラスだ。

真涼はため息をついた。

「まったく、困ったものだわ」

「真那ちゃんどうしたの？　まさか病気？」

あーちゃんが尋ねると、真涼は首を傾げた。

「ある意味、病《やまい》と言えなくはないですね」

「ある意味？」

「まぁ、あの子にもいろいろあるということですよ」

そんな風に誤魔化《ごまか》すと、真涼は視線をヒメに向けた。

「秋篠《あきしの》さん。真那から連絡があったら、私に教えてもらえるかしら」

「……わかった」

親友がいなくて、ヒメも寂《さび》しそうだ。

あんな豚でも、ヒメにとっては大事な同人仲間であり、友達だもんな……。

恋する♥受験生！

応援号！

JK読者モデル

サマーリバー

に5つの質問！

Q1 カレシと勉強デート♥　場所はどこ？

井戸の底

Q2 カレシとおそろい勉強グッズ♥　何を持つ？

パラシュート

Q3 カレシが模試で失敗。なんて励ます？

「練習は本番のように。本番は練習のように」

Q4 もし、自分だけ受かったらどうする？

願ったり叶ったり

Q5 じゃあ、カレシだけ受かったら？

痴漢で逮捕されて合格取り消し

＃パチレモンからひとこと

冤罪は良くないと思います。

#4 真涼父のお願いで修羅場

大型連休ＧＷを目前に控《ひか》えたある日。

受験戦士の俺《おれ》であるが、家の食卓を預かる生活戦士の任務も疎《おろそ》かにはしていない。

修学旅行だの新学期だのでバタバタしていて、最近はスーパーの惣菜《そうざい》なんかで済ませることが多かった。しかし、それではいけない。食はすべての基本である。いざというとき、力が出なかったり体を壊したりしたら大変だ。

というわけで、今日の夕食献立《こんだて》は豚の生姜《しょうが》焼きと豚汁である。

豚かぶりの肉《にく》いメニューなのは、当然、こいつがいるからである。

「おっにくーおっにくー、お、に、く～♪」

食卓で足をぷらぷらさせながら、現国の過去問を解いている我が幼なじみ。

ひさしぶりに夕飯を作るので「食べに来るか？」とスマホにメッセージを送ったところ、「食べる！」と直接庭から乗り込んできた。うーん、幼なじみにネットは不要。

「えーくん、ＧＷの予定は？」

「ひたすら家で勉強」

「あー。だよねー」

千和《ちわ》はシャーペンの尻《しり》をふりふりさせた。

「あたしも集中講義みたいなの、駅前の予備校で受けるんだ。友達と一緒に」

「お前も受験生らしくなってきたなあ」

竹串で大根の火の通り具合を見ながら、しみじみと思う。あの千和の口から「シューチューコーギ」。「チャーシュー」の聞き間違いではないことを祈る。

「えーくんは、もう予備校とか行かないの？」

「もう、普通の勉強は学校で十分だから」

中間、期末で良い点を取るためには、学校の授業をじっくりやることだ。

肝心の推薦入試本番では、学科試験はそれほどの難問は出されないらしい。授業の延長線上の問題が出ると聞く。ならば、予備校に行くより教科書をしっかり仕上げたほうがいい。

「学科はともかく、面接と小論文があるからな。そっちのほうが心配だよ」

「どんなことさせられるの？」

「小論文は『現代日本の医療制度についての所感を三千字以内で述べよ』とか、そんな感じの。面接でもやっぱり医療系のことを聞かれるんじゃないかな」

面接の問答集なんかを本屋で買い込んで、冴子《さえこ》さんに協力してもらって特訓している。

千和ははふぅ、とため息をついた。

「えーくんが医学部かあ。なんていうか、昔からは想像もできないね。成績だって、あたしと似たり寄ったりだったのに」

「……まぁな」

千和の大けがをきっかけとして、医者の道を志《こころざ》した。

もしあの交通事故がなかったら。夏の大会を目前に控えた千和が赤いトラックに轢《ひ》かれなかったら。俺の運命も大きく変わっていただろう。

「あのとき、お医者さんになりたいって思わなかったら、えーくん、今頃《いまごろ》何してたのかな?」

「ダラダラしてただろうな」

人生の夢とか目標とか、なーんにもなかった俺である。

のんべんだらりと日々を過ごし、成績も中の下くらいで、漠然《ばくぜん》と大学進学を思い描きつつも「まだあわてる時間じゃない」なんて、アニメや漫画に現《うつつ》を抜かしていただろう。

「もし、あの事故がなかったら――か」

歴史にＩＦは許されないというが、もし……だったら。俺は、俺たちは、今頃どうしていたのだろう。

あの事故がなければ、俺は今も脳天気な中2病患者のままであり。

家にあった漫画やラノベを売り払うこともなく。

黒歴史ノートを手放すこともなく。

必然、真涼《ますず》がそれを手に入れることもなく「偽彼氏計画《フェイク》」は存在しない。

偽彼氏が存在しないということは「自演乙《じえんおつ》」も存在しない。ポイントＥＫＭＥでのバトルも勃発《ぼっぱつ》せず、ヒメとは他人のままで（それは辛《つら》い！）、あーちゃんとは……どうなってたかわからんが、今とは別の出会い方をしていたのは間違いない。

「今でもあたし、剣道続けてたんだろうな。先生になるっていう今の目標も、なかったのかも」

千和も足ぷらぷらをやめて、遠い目つきになっている。

「……」

「……」

もし時が巻き戻ったら、千和に「あの道は絶対通るな」って、俺は言いに行くだろう。

それが間に合わないのなら、せめて現場に行って――。

その時、玄関のチャイムが鳴った。

「はーい」

豚汁の鍋を千和に見てもらって、玄関まで出迎えた。冴子さんが帰宅するにはまだ早い。新聞の勧誘か、回覧板か、はたまた。

扉を開けると、そこに立っていたのは――。

「やあ、季堂《きどう》くん」

白いスーツ姿の、ダンディなおっさん。きっちり一分《いちぶ》の隙《すき》もなくセットした髪、腕には嫌味な高級時計、革靴《かわぐつ》はツヤツヤとゴキブリみたいに黒光りしている。

こんなセレブな格好でセールスしたり回覧板持ってきたりするやつはいない。少なくともうちの近所にはいない。

「何しに来たんですか」

声が固くなるのを、俺は自覚した。

「そう邪険にしないでくれたまえ。今日は君とじっくり話したいと思って来たんだ——入れてくれないかね？」

夏川亮爾《なつかわりょうじ》。

世界を股に掛ける大企業・夏川グループの総帥《そうすい》。

そして、真涼の親父《おやじ》である。

◆

豚の生姜焼き。キャベツの千切り。お新香。豚汁。そして白飯。

食卓に並んだ普通の献立の数々を見て、真涼の親父は目を見開いた。

「いやあ、これはこれは。ご馳走《ちそう》だね」

イヤミか貴様ッッッ――と思ったが、顔を見ると案外本気で言ってるようにも見える。毎日フルコースだろうと満漢全席だろうと食べられる男は、こういう家庭的な料理に憧《あこが》れるものなのだろうか。

「夕食時に申し訳ないね。ええと、君は確かイベントの時にもいた……」

「春咲《はるさき》千和です」

「ああそうだ。ステージでは見事な剣さばきだったね。見惚《みほ》れてしまったよ」

ハッハッハ、なんて笑っている。千和は居心地悪そうに肩をすくめた。さすがのチワワさんも、この状況で箸《はし》が進むほどの精神は持ち合わせていない。

「それで、話ってなんすか」

わざとぶっきらぼうに言って、親父の前に湯呑《ゆの》みを置いた。夕食までご馳走してやる義理はない。

千和の隣に腰掛けて、親父と向かい合った。

「神通《じんずう》大学の医学部に進みたいそうだね」

そんな風に、親父は本題に入ってきた。

「推薦入試を受けるつもりでいるとか。羽根《はね》ノ山《やま》高校にある地域推薦枠を利用すれば、入学金は免除となる。なかなか優れた制度だ。医者になった後で地元に残らねばならないという制限はつくがね」

「……何が言いたいんですか？」

進路を把握されているのが、とても嫌だ。

真涼がそんなことを話すはずもないから、こいつが勝手に調査したのだ。大企業の社長様が、俺ごとき一介《いっかい》の高校生を、いったいなんのために？

親父の目は笑っている。

「聞けば君、ご両親が蒸発して叔母《おば》さんに世話になっているそうじゃないか。苦労しているんだねえ」

千和がごくりと唾《つば》を飲み込む音が聞こえた。

「医学部というのは、ともかくカネがかかる。ぜひとも推薦は取りたいだろう。できれば奨学金なんかもあったほうがいいだろうね？　恩人である叔母さんに迷惑はかけたくないだろう。季堂鋭太《えいた》君は義理人情を理解する男だと、私は見込んでいるんだ」

汗ばんだ手を、俺は膝《ひざ》の上で握り込んだ。

「そんなくだらないことを言うために、わざわざ来たんですか？」

「まぁ、そう焦《あせ》らないでくれたまえ」

親父は細いため息を吐き出した。煙草《たばこ》が吸いたそうな顔をしている。俺たちの前でなければ、咥《くわ》えていただろう。

「用件というのは他でもない。我が不肖《ふしょう》の娘・真涼のことなんだ」

「……」

「私としては、あれはアメリカの大学に進ませるつもりだったのだ。そして、向こうで見合いをさせる。相手は米国の上院議員の息子さんだ」

「政略結婚ってやつですか」

「真涼にとっても良い話だと思ってるよ。娘を不幸にしたい親などいない。政略結婚といえば聞こえは悪いが、将来必ずプラスになる」

親父の表情は揺るぎない。おそらく本心からそう思っているのだ。

「だが、真涼にはなかなか理解してもらえなくてね。スウェーデンの大学に行くなどと言い出して、本格的に経営を学ぶなどと。プロデューサーごっこがよほど気に入ったらしい」

「もう、ごっこじゃないでしょう」

俺は口を挟《はさ》んだ。

「真涼はパチレモンを立派に復刊させたじゃないですか。書店での売れ行きは好調で、ｗｅｂへのアクセスも伸びてる。こないだのイベントの動画再生数だってかなりのものですよ」

「そうですそうです！　夏川はパチレモンの恩人になっちゃったんですよ。ちょっと、シャクだけど……」

なんて、千和も真涼を持ち上げる。心の底では、誰《だれ》よりも真涼のことを認めているのだ。

「私に言わせれば、ごっこの域を出ないね」

親父は切り捨てた。

「今は女子高生プロデューサーなどと物珍しさで持ち上げられているだけだ。ビジネスはそんなに甘くない。遠からず壁にぶち当たる。私としては、娘にはもっと堅実な道を歩んでもらいたいと思っているのだ。それが親心っていうものだろう？　だが、真涼にはなかなかわかってもらえなくてね」

穏やかな声を出しながら、親父の目つきはどんどん鋭くなる。

「もし――。もし、季堂君があれを説得してくれたら。私としては、その恩義に厚く報いたいと考えている」

「俺が、真涼を？」

「私が見るところ、あれは君のことをずいぶん信頼している。あのじゃじゃ馬が、人を人とも思わないような娘が、君に対してだけはどこか違うように思う。そんな君の言葉なら、あれも多少は聞くのではないかと思ってね」

俺は首を振った。

「無駄ですね。あいつが、俺の言うことなんか聞くわけありません」

「そう言わずに」

親父はしつこかった。

「もし君がそうしてくれたら――医学部受験にも、きっと有利になると思うよ」

「……は？」

「神通大学の学長、それから医学部の学部長とも、私は仲が良くってねえ」

――。

俺は親父の顔を見返した。

その言葉の意味は、考えるまでもない。

裏口入学。

あるいは、それに近いこと。

それの斡旋《あっせん》だ。

……いや、すげえな。

俺氏、誘惑されているよ。悪の道に。

新聞やニュースでは時々見かけるから、そういうのあるんだろうなとは思ってたけど。まさか自分がその当事者になるなんて思わなかった。

誘惑。

巨大な誘惑だ。

ここでハイと頷《うなず》けば、この時点で合格決定だ。

俺の言葉ごときで真涼が考えを翻《ひるがえ》すなんてありえないが、結果は問わないということであれば「政略結婚、してみれば？」なんて言ってみるのも悪くない。言うだけならタダじゃないか。

目の前に、こんな巨大なエサを差し出されると、思わず心が――。

「お帰りください」

――動くわけ、ねえだろ！

即答することに、なんの躊躇《ためら》いもなかった。

損か得かみたいな話じゃない。理屈の話でもない。ただ、俺がそうするのが嫌だから断る。それだけだ。

千和が無言で頷くのがわかった。俺の手をテーブルの下で握ってくる。そっと握り返した。

それだけで、同じ気持ちでいることが伝わった。

「ようはあなた、真涼をコントロールできなくなってきたんでしょう？」

「……」

「偉そうなことを言ってるけど、実は途方に暮れてるんでしょう？　こないだのイベントでも散々な目に遭《あ》ってましたもんね。だから、僕なんかを頼りに来たんですよね？」

「さあ、どうかな。君の解釈《かいしゃく》は自由でいいが――」

「お帰りください」

俺は立ち上がり、玄関口を指差した。

「僕はあなたの世話にはなりません。この二年間、ずっとこつこつやってきたんです。最後まで自分自身の力で、合格を勝ち取ってみせます」

「……そうか、そうか」

親父は二度繰り返して、それから二度首を振った。

「残念だよ。良い話だと思ったのだが」

「興味ありません。お帰りください」

親父は立ち上がった。

無表情のまま、言った。

「もし試験に落ちた時は、この選択を後悔するかもしれないよ。それでも良いんだね？」

答える必要を認めない。

後悔なんて、するはずがない。

俺は自分のこれまで通ってきた道を裏切りたくない。


ただ、それだけだった。

◆

玄関口まで、親父を見送った時——ふと、思いついた。

「ひとつ、教えてもらえませんか」

迎えのハイヤーに乗り込む直前、親父は振り向いた。

「去年の夏、東京《とうきょう》で会ったときのことを覚えてますか」

「ああ。お台場のバーで」

「あの時、真那《まな》の恋愛相手のことを、何か言いかけてましたよね。遊井《あそい》カオルっていう」

「ん？　ああ——」

親父は記憶の糸をたぐり寄せるような顔つきになった。

「遊井家というのは、この羽根ノ山市でもっとも古い家柄の大地主だよ。その『遊井』が、真那のお相手と同一かまでは知らないがね」

真涼のことになると徹底的に調査するくせに、真那のことはあいかわらずほったらかしだ。

多分、今学校を休んでることも知らないいんじゃないのか。そう考えると、あの金髪豚がちょっと不憫《ふびん》だ。

「資産家、なんですか？」

「言っただろう。大地主だ。この街でビジネスをする時は避けて通れない相手だよ。古いしきたりだの風習だのにうるさくて、カネではなかなかＹＥＳと言わない相手だ」

苦々しい声を、親父は出した。かなり苦渋《くじゅう》を舐《な》めさせられているようだ。

「そんなの、初めて知りました。カオルとは中学も一緒だったのに」

「秘密主義みたいなところがあって、あまり表舞台には出てこないんだよ。私のようなビジネスを展開してる人間でもない限り、その正体を知る機会はないだろうね。知る人ぞ知る『裏ボス』というところかな」

「……裏ボス……」

親父は肩をすくめた。

「地方では良くある話さ。この山だらけの狭い国を牛耳《ぎゅうじ》る黒幕というのは、結局のところ、土地持ちなんだよ」

親父は車に乗り込んだ。

遠ざかっていくテールランプを見送りながら、俺はつぶやいた。

カオル。

裏ボス。

その二つの単語が結びついて、頭の中をぐるぐる回っていた。

厨柱
秋篠姫香
あきしのひめか
修羅滅《しゅらめつ》の刃《やいば》

#5 千和とカオル

春は自分の季節だと、春咲千和《はるさきちわ》は思っている。

新緑が芽吹き、空気も爽《さわ》やかで、あらゆるものが瑞々《みずみず》しく輝いて見える季節だ。いつも元気いっぱい、パワーみなぎる自分にぴったりではないか。春咲という名字がそれを表している。きっと遠い御先祖様が自分という子孫の誕生を予見《よけん》してつけてくれたに違いない。

まして、今日は日曜である。

天気は快晴、いつもの千和なら適当に誰《だれ》かを誘って遊びに出かけるところであるが、さすがのさすがに、そこは受験生。抜けるような青空の誘惑にあらがい、朝から家でしこしこ勉強していた。

「……だぁぁぁ～～～っ！　無理！」

で、力尽きた。

数学の難問にぶち当たり、二十分ほど唸《うな》ったがわからず、解答を見て、その解答がまたちんぷんかんぷんで、三十分ほど粘《ねば》ったが謎《なぞ》はますます深まるばかりとなり――「これ、無理なやつだ」と悟《さと》ったのであった。

いつもの千和なら、隣に住む幼なじみに聞きに行くところである。

だが、幼なじみはいま、正念場を迎えている。いちばん勉強を頑張らなきゃいけない時期にある。邪魔するわけにはいかなかった。これは遠慮ではなく、思いやり。いや、思いやりすらも超えた「何か」だと、千和は思っている。

——えーくんの医者になるっていう夢が、そのまま、あたしの夢だから。

そういうわけなので、潔《いさぎよ》く机とおさらばすることにした。ぶらぶら散歩して、帰りに書店に寄って参考書でも眺《なが》めて、この難問への打開策を練《ね》るとしよう。

そんな風にして出かけた書店の入り口で、千和は馴染《なじ》みの人物と出くわした。

「やあ、チワワちゃん」

ハネ高一の美男子、モテキャラとして名高い遊井《あそい》カオルである。

「珍しいね、こんなところで。買い物？」

「うん。参考書みようかなって。カオルくんも？」

「そんなところ」

今日の青空のように、爽やかな笑顔である。

ストライプのシャツに、紺《こん》のジャケット。服装も爽やかそのものだ。

彼との付き合いは中一の頃からだ。鋭太《えいた》の親友ということで、他の子たちより近い位置にいるかもしれない。実際、千和は今までに何度か、カオルに告白したいという女の子の橋渡し役をしたことがある。綺麗《きれい》な子、可愛《かわい》い子、優しい子、よりどりみどりだったと思うけれど、結局彼が誰かと付き合うことはなかった。

そんなカオルが、千和に向かって微笑《ほほえ》みかけた。

「チワワちゃん、ちょっと時間ある？　良かったらお茶でもどうかな？」

「…………」

意外、という思いがした。

今までカオルと一対一で遊んだりしたことはなかった。必ず鋭太か、別の誰かが一緒にいた。二人きりで話した記憶さえない。つまり、カオルと千和の仲とはそういうものだったのだ。

しかし、断る理由もない。話すのが嫌なわけでもない。カオルと会話して、不快な思いをしたことは一度もなかった。

なにしろ彼は、鋭太の親友なのだから。

「うん、いーよ！」

「じゃあ、そこの喫茶店《きっさてん》にでも入ろうか」

個人経営の喫茶店に入った。手作りのお菓子とアクセサリーを売っているお洒落《しゃれ》なお店である。前から気になってはいたけれど、一人で入るのは勇気がいる店だった。

「カオルくん、ここよく来るの？」

「ううん？　初めて」

こういう店にさらっと入れるのはすごいと思う。

学生なんか一組もいない店内で、二人は窓際《まどぎわ》の席に座った。カオルはストロベリーカプチーノ、千和はアイスカフェオレ。ハンバーガーが美味《おい》しそうだったので、それも頼んだ。

「あいかわらず、お肉に目がないんだね」

「せっかくだし、食べておこうと思って」

緊張している自分を、千和は自覚した。

上手《うま》くは言えないけど、なんとなく、彼の雰囲気がいつもと違う気がする。

「ねえ、チワワちゃんはさ――」

飲み物が来る前に、彼は切り出した。


「本当にハーレムを作れるって思ってるの？　乙女《おとめ》の会で」

意味を理解するまで、少し時間がかかった。

「カオルくんは、やっぱ反対？」

「質問しているのは僕のほうだよ。チワワちゃん」

「…………」

いつになく厳しい言葉だった。

しばらく考えてから答えた。

「んー、正直、前は絶対無理って思ってた。ヒメっちゃ愛衣《あい》はともかく、夏川《なつかわ》とはめっちゃ仲悪かったし。仲良くなれるなんて思ってなかったから」

「今は違うの？」

千和は首を斜《なな》めに傾《かたむ》けた。

「やー……、わかんない、わかんないけど、今の乙女の会の関係はぜんぜん嫌じゃないよ。チームワークっていうのかな、そういうの出てきたと思うし。パチレモンのために、みんなでいろいろやったのが良かったのかな。やっぱり、共通の目的みたいなのがあると違うよね」

剣道部時代、大会優勝めざして部員一同頑張っていたことを思い出す。おそらく自分はそういうのが向いているのだ。ひとりでしこしこ勉強しているのが向いてるとは思えない。

「チームワークか。なるほどね」

そう言いつつ、カオルは頷《うなず》いてはいなかった。

千和のことをじっと見つめていた。

「それは、鋭太にたったひとりの女の子として選ばれることよりも、大事なものなのかい？」

どきっ、と胸で音がするようだった。

そのくらい、カオルの目つきも、声色《こわいろ》も、何かが違っていた。

「……そういう風に、考えたことはなかったけど……」

「つまり、鋭太をあきらめるってことで良いのかな？」

「そ、そんなはずないじゃん!!」

店員が注文を運んできた。

ほかほか美味しそうに湯気《ゆげ》を立てるハンバーガーに、今はかぶりつく気になれない。

カオルは飲み物に軽く口をつけた後、続けた。

「でも、そういうことじゃないのかな？　ハーレムって、つまり夏川さんや秋篠《あきしの》さん、あーちゃんたちと、君が同列に置かれるってことだよ。鋭太のたった一人の女の子にはなれない。まぁ、具体的に言うと『お嫁さん』にはなれないってことになるかな」

「……それは、そうだけどさ……」

鋭太と結ばれることは、何度も夢想した。鋭太との新婚生活。子供が生まれて、団らんを作るところも考えたことがある。鋭太と家族になる。家族みたいな幼なじみじゃなくて、本物の家族になるのだ。

しかし、その夢想に、乙女の会のメンバーが入り込んできたことはない。

いくら仲が良いといっても、それは正直――――抵抗が、ある。

「で、でも、今はそこまで考えなくてもよくない？　えーくんは今受験で忙しいしさ」

「まぁ、そうだね」

カオルはもう一度カップに口をつけた。

「ただ、いずれはぶち当たる問題じゃないのかな。鋭太は着実に夢を叶《かな》えつつある。大学に受かって、医者になって、ゆくゆくはハーレムも叶えてしまうかもしれない。その時、チワワちゃんはどうするの？　『お嫁さん』はあきらめて、ハーレムの一員に甘んじるのかい？」

千和は答えることができない。

うつむいたまま、カオルの顔を見ることができなかった。

「ねえ、チワワちゃん」

カオルの声は優しいが――どこか、今までにない棘《とげ》があるように感じる。

「僕は、君と鋭太の関係のことをよく知ってる。昔からね。チワワちゃんがずっと鋭太のことを好きだったのもよく知ってる」

「うん、もちろん……。カオルくんがそれとなくあたしのこと、応援してくれてたのも知ってるよ」

そうだね、とカオルは言った。

冷たい声だった。

「でも、それを僕が喜んでやっていたって思ってるなら――それは違うって、言っておくよ」

千和は思わず顔をあげた。

「ど、どういう意味？」

「さあ。どういう意味かな？」

くすくす。

カオルは笑った。

「ほら、ハンバーガー食べないの？　肉がバンズからはみ出して、美味しそうだよ」

言われるまま、千和はハンバーガーをひとくちかじった。いつもの半分くらいしか口が開かず、味もよくわからなかった。

カオルはまだ笑っている。

学校一のモテキャラ。

そして、誰《だれ》もが認める「良い人」。

そんな彼の顔を、千和は直視できなかった。

恋する♥受験生！

応援号！

JK読者モデル P.U.R.I.N. に5つの質問！

Q1 カレシと勉強デート♡　場所はどこ？

関ヶ原

Q2 カレシとおそろい勉強グッズ♡　何を持つ？

達磨

Q3 カレシが模試で失敗。なんて励ます？

「死中に活」

Q4 もし、自分だけ受かったらどうする？

わたしは二つ命を持っているので
一つをエイタに

Q5 じゃあ、カレシだけ受かったら？

武士は食わねど高楊枝

#パチレモンからひとこと

え、武士だったの？

#6 豚さんが失恋して修羅場

ＧＷが終わり、いよいよ中間テスト直前となったある日のこと。

いち早く登校して「朝勉」していた俺《おれ》の教室に、大天使おヒメさまが駆け込んできた。


「真那《まな》が登校してきた！」


開口一番、そう言った。よほど急いで来たのか、肩で息をしている。いつもマイペースなヒメのこんな様子は珍しい。どれだけ、あの金髪豚のことを想《おも》っているのかという話だ。優しい。

「中間前に、ようやく来たか」

俺はちらっと窓際《まどぎわ》に視線をやった。

カオルの席だ。

いつものように、女子グループに囲まれて談笑している。

ヒメもカオルのほうを見ながら、俺の袖《そで》をくいくい引っ張った。

「彼は、来てくれない？」

真那の想い人がカオルであることは、ヒメも知るところらしい。というか、気づいてないやつなんていないだろう。全校生徒が知ってるんじゃないかと思う。

「今日のところはやめとこう。まずは真那の様子を見に行こうぜ」

ヒメと頷《うなず》き合った。

ヒメは親友として気になるだろうし、俺はカオルと何があったのか、真那の口から聞きたいと思っている。素直に話してくれるとは思わないが、生徒会長としての役目もある。

教室を出たところで、ちょうど登校してきた真涼《ますず》と出くわした。

「あらあら。朝からおそろいで。おサボリですか？」

「会長。真那が登校してきた」

「――ふうん、ようやく来たのね。それで、様子を見に行こうと」

真涼は少し考えてから、意外なことを言い出した。

「私も行きましょう」

「え。なんで？」

普通の姉妹《しまい》なら当然のことでも、この姉妹は普通じゃない。基本、ケンカしているところしか見たことがない銀と金である。

「あんな恋愛脳でも、一応妹ですからね」

などとのたまい、勝手にすたすた歩きはじめた。俺とヒメは遅れて後に続く。

真那のいる二年一組の教室に行くのは、初めてだった。

どこの席かな、なんて探す必要はなかった。教室に足を踏《ふ》み入れた瞬間、金髪頭が目の前にあった。ずーっと欠席していたからだろう、誰もが嫌がる最前列を押しつけられた豚野郎の姿が、そこにはあった。

騒《さわ》がしい朝の教室だが、真那の周りには誰もいない。こいつの性格からして無理もないことだが、見事に孤立《こりつ》しているようだ。

「……ヒメ。来てくれたのね」

真那は少しほっとした顔で、心配そうに駆け寄った親友の名前を口にした。

「真那。ずっと心配だった。大丈夫？」

「ごめん。なんか、ガッコって気分になれなくって」

いつになくしおらしい態度である。もっとも、こいつはヒメにだけは甘いのだが。

「思ったより元気そうだな」

俺が声をかけると、真那は不機嫌《ふきげん》な顔になった。

「アタシ、キモオタとしゃべる気分じゃないんだけど」

「生徒会長として、メンバーの様子を見に来たんだよ。今日は生徒会室来られるか？」

「気分じゃないって、言ってるでしょ」

ぷいっと視線を逸《そ》らしてしまう。相変わらずの豚野郎だ。

「ねえ。カオルは、アタシのこと何か言ってた？」

「……。そりゃあもちろん、どうしたんだろうね、みたいなことは」

カオルが真那を心配していたという様子は、正直なところ皆無だ。だが本人には黙っていたほうが良いだろう。

真那は浮かない顔で、「あっそう」と言ったきり、唇を閉じてしまった。

「遊井《あそい》くんと、何かあったのね？」

真涼がズバリ、斬《き》り込んでいった。

真那は沈黙したままだ。

「話してみなさい、真那。何か力になれることがあるかもしれないでしょう？」

「……はん。キモッ」

吐き捨てるように真那はつぶやいた。まぁ、真涼がこんなこと言うなんて、何か裏があるって思うよな。

「別に何もないから。アタシのことはほっといて」

「そんな強く否定《ひてい》したら、ますます気になるわね。余程のことがあったと思うしかないわ。あの善人を絵に描いたような遊井くんに、いったい何をされたら、そんな風になるのかしらねえ？」

唇の左端を、真涼は吊《つ》り上《あ》げた。邪悪な笑《え》み。これは挑発《ちょうはつ》だ。わざと、真那を怒らせようとしている。

「ほっといてって、言ってンでしょっ‼」

真那の怒鳴り声が響き渡った。

充満していたおしゃべりが一斉に静まり、注目が俺たちに集まる。

「アイツが、アタシのことなんかどーとも思ってるわけないじゃん！　だから、あんなコト軽々しくできるんでしょうッ!?　そうとしか思えないわよ!!　あんなコトされてアタシが喜ぶと思ったら、おおまちがいなんだからっ!!」


顔は真《ま》っ赤《か》に染まり、目は吊り上がり、白目のところが充血している。

真那の怒り顔は、もう見飽きていた俺だけれど。

今のこの形相《ぎょうそう》は――今までと違う。

怒りだけじゃない。

悲しみ。

どこか、哀切《あいせつ》を感じる表情を、真那は浮かべていた。

「あんなコトって、何かしら」

真涼が冷静に聞いた。

「だから、スズには関係ないっつってんのっ!!」

「そこまで話したんだから、話しなさい。本当はあなたも話したいんでしょう？　ずっと一人で胸に秘めて、苦しかったんじゃないの？」

憎々《にくにく》しい目つきで、真那は腹違いの姉をにらみつける。

ヒメはおろおろとそんな二人を見比べている。

何とかしてやりたいのは山々だが、正直、俺にも為《な》すすべがない。

真那とカオルに、いったい何があったっていうんだ？

「あんなコト」って……なんだよ？

——その時である。


「なぁ〜〜〜っ‼」


リスの鳴き声が高らかに響き渡った。

振り向けば、タブレットとタッチペンを持った紅葉栗子《もみじりつこ》がそこにいた。

仁王立《におうだ》ち。

見たこともないような厳しい顔つきで、真那をにらみつけている。くるんっ、とリスのしっぽみたいなポニーテールが、肩に連動してぷるぷるしている。どうやら怒ってるらしい。

「なっ、なによリス子⁉　アンタまで説教しようっていうの⁉」

リス子は激しく首を振ると、タブレットを真那に押しつけ、タッチペンを無理やり握らせた。

「今、そんな気分じゃないんだってば」

真那がペンを突き返すと、リス子はまたそれを真那に押しつける。「やだ」「なーっ！」

「嫌！」「ななっーっ！」そんな攻防《こうぼう》が果てしなく続く。俺も、真涼も、ヒメも、二年一組の皆さんも、全員呆気《あっけ》にとられて見守った。

「だから、もうっ！」

真那はペンを床に叩きつけた。

「しつっこいわよリス!!　こんな時に、いったい何を描けっていうの!?」

リス子は言った。

「　失　恋　」

人語《じんご》だった。

これまでほとんど「なーっ」しか言わなかったリス子が、真那を真っ向にらみつけて、人間の言葉を操《あやつ》っている。

「失恋。恋愛を扱う作家にとって、最大のチャンス。逃さない手なんかないっ。姫香《ひめか》先輩のため、『金色《こんじき》の暗黒天使団』のため、漫画描けっっ!!」

しん、と教室に静寂《せいじゃく》が満ちた。

続いて、豚の泣きわめく声が響く。

「失恋っていうなぁぁぁぁぁぁぁぁぁぁぁぁぁぁぁぁぁぁあああああああああああああああ
バカああああああああああああああああああああああああああああああああああああああ!!
まだフラレてないもぉぉぉぉぉぉぉぉぉぉぉぉぉぉぉぉぉぉぉぉぉぉぉおおおおおん!!」

………。

……………。

いや、そんな涙と鼻水垂れ流しながら言われたら、もう誤解しようがないんですけど。

顔じゅうべとべとにした真那は、自分で叩《たた》きつけたペンを拾い上げた。そして、猛然《もうぜん》とタブレットに何か描き始めた。

「これ、保存とかどーやんのよ⁉　教えろリス子っ!!」

「なっ、ななっ」

さっそく身振り手振りでレクチャーするリス子。なかなかのコンビネーションだ。

描く手を休めず、真那は言った。

「ヒメ！」

「は、はい」

いきなり名前を呼ばれて、ヒメは直立不動で返事をした。

「今度のイベント、いつ⁉　締め切りは⁉」

「し、七月のサマコミ。でも、もう間に合わないかも」

「間に合わせるわよ‼　アタシと『金色の暗黒天使団』に不可能の文字はないわッ！」

「――肯定っ‼」

ヒメの頬《ほお》に笑顔が弾《はじ》け、続いて大粒の涙が溢《あふ》れた。親友の、仲間の復活に嬉《うれ》し泣《な》きしているのだ。俺も思わずもらい泣き。美しき友情。美しき漫画魂《だましい》。周りの野次馬《やじうま》たちの中からも、鼻をすする音が聞こえた。

「……いえ。あの。何か感動のシーンみたいになってるけど、何もわかってないし、何も解決していないのでは……？」

と、冷酷な銀髪悪魔が指摘してくるけど、とりあえずおいておこう。

もうとっくに始業のチャイムは鳴っていて、二年一組の若い女性担任がさっきから「あの～入ってよろしいでしょうか～」と入り口で居心地悪そうにしているけど、それもおいておこう。

同人作家・夏川《なつかわ》真那、復活ッッ。

……で、いいのだろうか？

◆

その日の放課後、である。

生徒会室には俺とカオルと、そして書記クンというメンツ。毎月発行している「生徒会だより」という広報誌の作成のため、野郎三人、ＰＣとにらめっこ。書記クンはいつもと同じく「ッターーン」の軽快な音を鳴り響かせている。

真那とリス子は不在。自演乙《じえんおつ》の部室にもいない。ヒメと一緒に「ファミレスでこれからのセンリャクを練《ね》る」とのこと。そんなの部室でやればいいのにと思うのだが、まぁ、あいつらだけで絆《きずな》を深めるのも良いだろう。

ただ……。

真那の件は、やっぱり気になる。

あの傍若無人《ぼうじゃくぶじん》な豚野郎があんなに落ち込むなんて。

ますます、カオルとあった「何か」が気になる。

失恋――。

と、リス子は言っていた。

なるほど、カオルにフラレたというのなら、あの落ち込みようにも、学校を休んでいたことにも説明はつく。ヒメや野次馬たちはそれで納得していたようである。あーちゃんによれば、さっそく校内の噂《うわさ》になっているとのこと。カオルファンの女子から「金髪ざまぁ」という声が聞かれているという。

だが、真涼は浮かない顔だった。はっきりと疑問を口にはしなかったが、単にフラレたというわけではないと考えているようである。修学旅行・帰りの新幹線で口にしていた疑念を、未《いま》だに抱いているのだ。

――だけど、なぁ。

カオルに偽彼氏《フェイク》のことがバレていたとして、それが大事《おおごと》っていう風には思えない俺である。

千和《ちわ》やあーちゃん以上に、カオルが怒る理由があるとは、どうしても思えないのだ。

偽彼氏がバレたことと、真那がフラれたことは別のように思うし。

今回ばかりは真涼の考えすぎだろう――。

そのとき、ふいにカオルがＰＣから顔を上げた。

「ねえ、鋭太《えいた》」

いつもと変わらぬ爽《さわ》やかな笑顔、爽やかな声。

「その記事が書き終わったら、後は僕らに任せて帰っていいよ」

「ど、どうして？」

「だってもうすぐ中間じゃないか。こんなところにいないで、勉強しなよ」

「そりゃありがたいけど、生徒会長がサボるっていうのはな」

「真面目《まじめ》だなあ」

「いや、本当に。今さら焦《あせ》って勉強する必要はないんだ。今回のテスト範囲だって、もう二年の時に済ませているし」

「そうか。流石《さすが》だね」

頷くと、カオルはまたPCの作業に戻っていった。

……やっぱり、いつもと変わらないよなあ。

この穏やかで優しい感じ、いつものカオルだ。

ただ——その「いつもと変わらない」というのが、多少ひっかかる。

真那のこと、カオルの耳にも入ってると思うんだが。


「会長」

次に俺のことを呼んだのは、書記クンである。彼が口を開くなんて極《きわ》めて珍しい。いつもキーボードで会話してるから、声を聞いたのなんていつぶりだろう。思わず、まじまじ見つめてしまった。

座敷童子《ざしきわらし》のようなショートボブの後輩は、感情の読めない顔で俺を見つめ返した。

「会長は、神通《じんずう》大医学部の推薦狙《ねら》いだそうですね」

「あ、えああ、うん」

めっちゃキョドった返事になった。

こいつ、俺に興味あったのか……。

絶対無視されてると思ってたのに。ちょっと感動。

「実は俺も狙ってるんです。推薦」

「へえ、本当に？」

そう声をあげたのはカオルである。

「すごいな、知らなかった。それはやっぱり、鋭太に影響されて？」

「そういうわけじゃないですけど」

ぽりぽり、彼は頭をかく。

「うちは両親が勤務医なんです。でも、俺はそこまで勉強できないんで。本命の私立高校にも落ちて、ハネ高に来て。まぁふつーの大学に行ければいいかなって思ってたんですけど、季堂《きどう》会長みたいな人もいるんだって知って。だめでもともとで狙ってみようかなって」

「じゃあ、やっぱり鋭太の影響じゃないか」

カオルはにこにこと笑った。

「すごいね、鋭太。ちゃんと後に続く後輩が出てきてるじゃないか」

書記クンは恥ずかしそうにモジモジした。座敷童子みたいな彼がそうすると、結構キュートというか。女子に人気ありそうな感じである。

いやまあ、それはともかく。

「てことは、もしかして来月の生徒会長選挙、立候補するのか？」

「いちおう」

書記クンは頷いた。

「生徒会長やれば内申も良くなって、推薦狙いやすくなるから。……これも季堂会長のマネで恐縮《きょうしゅく》なんですけどね」

「いいじゃないか。どんどん真似《まね》してくれよ」

「……はいっ」

頷いた彼の顔は、少し紅潮《こうちょう》していた。それは、俺が初めて見る種類の表情だった。多分、俺のうぬぼれでないのなら、それには、きっと「憧憬《しょうけい》」という名前がつくはずだ。

この俺に、憧《あこが》れてくれたりする後輩が、できるなんてなあ……。

今まで頑張ってきて良かった。そう、素直に思える。

「ところで会長。栗子のことなんですが」

「りつこ？」

本名を呼ばれて、誰のことか認識するのに時間がかかった。

「ああ、リス子か。確か幼なじみなんだっけ？」

「はい。小一の時から」

ということは、ちょうど俺と千和の関係と同じか。

「あいつ、会長に迷惑かけてませんか？　いつかみたいに『秋篠《あきしの》先輩と別れろ』とか、余計なこと言ってませんか」

彼は少し怖い目をして言った。

去年の学園祭前、俺はリス子から「秋篠先輩と別れてください」と直談判《じかだんぱん》されたことがある。彼女いわく、スターであり天才であるヒメを、凡人の俺が画策したハーレムなんかに巻き込むなということらしい。

「いや、あれからは特にないよ。認めてくれてる感じもしないけど、妨害はされてない」

「――そうですか」

ホッとしたような表情を彼は浮かべた。

「リス子は、応援屋なんです」

皮肉っぽい口調で言った。

「応援屋？」

「誰かを応援して、手伝ったりアシストしたりすることに生きがいを感じるやつなんですよ」

「それだけ聞くと、いいことのように思うけど」

書記クンは大きく首を振った。

「あいつの場合は、度を超しています。他人に期待ばかり負わせて、頑張れ頑張れって。それで、自分まで頑張って偉くなった気になってしまうっていう、困ったやつなんです。その期待が重すぎるって、潰《つぶ》れちゃったやつもいるんですよ」

俺はカオルと顔を見合わせた。

その潰れちゃったやつっていうのは、もしかして……。

……いや。

それは、よそう。

俺にそこまで踏み込む権利はない。

「ヒメなら、たぶん大丈夫だよ」

俺はなるべく穏やかに言った。

「うちのヒメは、本物のスターだから。本物の〝姫〟だから。きっと、リス子の期待に応《こた》えてくれる」

「だけど、栗子が他力本願なのは変わりませんよ」

「いいじゃないか、他力」

俺は言葉に力を込めた。

「俺、前にとある整形外科医院で、患者さんのリハビリの手伝いしたことあるんだけどさ。あれはあれでやりがいがあったぜ。患者さんが歩けるようになると、俺まで何か成し遂げたっていう充実感・達成感があってさ。やりがいのある仕事だって思ったよ。今、リス子がやってることは、ヒメと真那の漫画のアシスタントだから、そんなに違わないんじゃないかな」

「アシスタントって、自分の漫画は描かないんでしょう？」

「そういう人がいたって、いいんだよ」

それは、この一年間、パチレモン復活を通じて様々な大人、様々な仕事を見てきて実感したことだ。

「誰かのためにっていうけれど、結局は自分のためなんだよ。リス子にしたって、ヒメの手伝いを自分がやりたくて一生懸命やってるわけだろ」

「それは、そうでしょうけど」

「俺も、前は『幼なじみのために医者になりたい』って風に考えてたんだけど、今はちょっと違うんだ。俺が医者になりたいのは、あくまで自分のため、自分がなりたいからなるっていう、ただそれだけ。最近、妙に校内で持ち上げられたりしててカユイんだけどさ」

書記クンは意外そうな顔をした。

「季堂先輩がそんな風に考えてたなんて、知りませんでした」

「いやいや。俺って、不誠実なハーレム野郎だから。本当、自分のことしか考えてないんだよ」

そんな風に茶化《ちゃか》すと、彼は真面目な顔で答えた。

「そうですね。正直、ハーレムはどうかと思います」

だけど、と言葉を続けた。

「恋愛と進学の問題は、また別ですからね。勉強、頑張ってください」

「ありがとう」

素直に礼を言った。

彼の期待、裏切りたくないな……。

俺が推薦で合格すれば、来年、彼にも推薦が来やすくなるかもしれないし。

「良かったねえ、鋭太」

カオルは、ずっとニコニコしながら俺たちの話を聞いていた。

「ようやく、下級生にも理解者が現れてくれて。鋭太のことを認めてくれる人が現れて。……いやあ、本当に嬉しいな」

我が事のように喜んでくれる、親友。

カオルはいいヤツだ。

以前であれば、そのことに一点の疑いも抱かなかっただろう。

……だが、今は……。

「おう。ありがとう」

なんて、礼を言いつつも。

もしかしたら、何か裏があるんじゃないかって、考えてしまっている。

羽根《はね》ノ山《やま》でもっとも古い家柄、大地主であるという遊井家。今まで、そんな話は一度も出たことがない。中学からずっと一緒なのに、家族構成も知らない。家に行ったこともない。

カオルが何となく家の話を避けているのを、俺は知っていたからだ。

カオルは、何者なのだろう。

真那と、何があったのだろう。

そんなことで、カオルの友情を疑おうとは思わないけれど。

『彼、あなたに何か隠してるわよ』

真涼の言葉が、どうしても脳裏《のうり》にこびりついて離れなかった。

◆

そんなことがありつつも——。

三年一学期の中間テストが実施され、俺はいつも通りの結果を出すことができた。

すなわち、学年一位。

書記クンの期待に応えてというわけじゃない。いつもと同じ、自分のやるべきことをやった結果だ。

死んでも一番を取りたい！　とか。

絶対に一番を守り抜くぞ！　とか。

今の俺は、もう、そういう感じではなくなっている。

一時期、最上《もがみ》ゆらとは、そんな風に競《せ》り合っていた。「ふざけんなこのカラオケ野郎！　地頭の良さだけで一番取りやがって！」「ガリ勉の力を舐《な》めるなよ！　思い知らせてやる！」と意地になっていた。しかし、最上のほうはテストの結果などアウトオブ眼中、ひたすら「はにはにほー」の歌声を響かせることしか頭になく、俺が独《ひと》り相撲《ずもう》を取っていただけのことだったのだ。

もう、今の俺は知っている。

世界が広いのだということを。

パチレモン復刊にかかわり、大人社会の様々な悲喜《ひき》こもごもを見るにつけ、猿山のボス争いに血眼《ちまなこ》になる自分が、ちっぽけに思えたのだ。

俺がハネ高で一番を取るのは、あくまで医学部推薦をもらうための手段であって、目的ではない。仮に二番でも推薦がもらえるなら、俺は喜んで次席に甘んじるだろう。「二番じゃだめなんですか？」『いえ、全然ＯＫっす』ってなもんよ。

何より――。

高校生だてらにビジネスを起《た》ち上げ、さらには海外の名門大学に進学し、世界を文字通り飛び回って、親父《おやじ》の軛《くびき》を打ち砕こうとしている女が、身近にいるのだ。猿山のマウントなんかで、いい気になれるはずもない。

もしあいつがいなかったら、俺は自分の努力の成果に酔いしれ、「成し遂げた」感にひたってしまっていたかもしれない。成り上がり者特有の奢《おご》りや傲慢《ごうまん》さを、知らずに身につけてしまったかもしれない。そんな人間が、良い医者になれるはずもないのに。

まったくもって、シャクなことだけれど。

この点だけは、あの「強敵」に感謝しておこう。

恋柱
冬海愛衣《ふゆうみあい》
修羅滅の刃《しゅらめつのやいば》

#7 推薦の行方は修羅場

六月某日。ある日曜。

梅雨《つゆ》特有のしとしと雨が降るなか、俺《おれ》は電車で二駅離れたところにある医院を訪れていた。

もがみ整形外科医院。

リハビリテーションに力を入れていて、交通事故やスポーツによるケガの治療では市内一と評判の名医。

最カラゆオケの父・諭吉《ゆきち》先生の病院である。

様々な電子機器や機具が並ぶリハビリ室に入ると、白衣姿のアフロヘアが出迎えてくれた。

「やあやあ、季堂《きどう》くん！　よく来たね!!」

あいかわらずのでかい声である。梅雨ということで、アフロヘアがいつも以上に爆発《ばくはつ》している。ツバメとか住んでそう、と失礼なことを思ってしまった。

「おひさしぶりです。今日も見学させてもらいます」

「構わないとも。観客がいたほうが、俳優たちも張りあいがあるというものさ」

リハビリに勤《いそ》しむ患者さんやスタッフからどっと笑いが起きる。あいかわらず和《なご》やかな雰囲気。リハビリといえば辛《つら》いもの、苦しいものというイメージがあるが、ここに来ると何かパーティーゲームでもやっているような感じになるから不思議だ。

今日の助手は三名。若い女性二人に、ベテランの男性一人。それに先生の合計四名で、八人の患者さんのリハビリを手伝っている。時々こうして見学に来るから、もう顔見知りだ。部屋のベンチに座る俺に軽く会釈《えしゃく》したり、手を振ったりしてくれる。

同じくベンチで見学している、ツヤツヤした髪の女の子がいた。

「お兄ちゃん、ひさしぶりっ！」

以前ここでリハビリをしていたハルカちゃん。去年小学三年生だったから、もう小四になったところか。しかし、怪我《けが》はもうとっくに完治したはずなのだが。

「学園祭ぶりじゃないか。どうしてここに？」

「お兄ちゃんとおんなじだよ。ケンガク」

お姉さんぶった口調でハルカちゃんは言った。背伸びしたいお年頃《としごろ》である。

「わたしね、将来看護師さんか、リハビリ屋さんになろうと思って」

リハビリ屋さんという職業はないが、言いたいことは伝わる。

「だってステキじゃない？　誰《だれ》かが良くなるおてつだいができるなんて。わたし、ここの先生やスタッフさんにすっごい感謝してるもん。だから、わたしもそんな風になりたいなって」

「うんうん」

思わず目尻が下がるのを感じる。ロリコンじゃない俺でも、こんないじらしい可愛《かわい》い子には頬《ほお》ずりしたくなる。

「いや、本当に良かった……。良かったな。ハルカちゃん」

ケガから、立派に立ち直って。

それだけでなく、ケガしたことをきっかけに、新たな自分の夢を見つけるなんて。

それは、俺の幼なじみの姿とぴったり重なる。

……ああ、千和《ちわ》。

お前って、こんなに立派だったんだなあ……。

本当に、お前、良かったなあ……。

「ところで、季堂くん」

リハビリを終えた患者さんを一人見送ったアフロ先生が、声をかけてきた。

「例の推薦の件、順調らしいじゃないか。マイスイーテストゆらちゃんから聞いたよ。中間テストでもまた学年一位だったって」

「ええ、まあ」

ハルカちゃんは目を丸くした。

「テストで一位？　お兄ちゃんってそんなにアタマいいの？」

「いや、アタマいいっていうか、勉強ばっかりしてるから」

「すごいよ！　それならお医者さんとかもなれちゃうんじゃない？」

「その医者になりたくて、勉強してるんだ」

ハルカちゃんの目がさらにさらに輝いた。

「すっごーーーーい！　そのときは、ハルカを助手さんにしてね！」

「はは、いいなそれ」

素敵な提案だと思った。別にロリコンじゃないけど、ハルカちゃんと一緒に医院を営《いとな》むのは楽しそうだ。

そんな俺たちを見ながら、アフロ先生はウンウン頷《うなず》いている。

「いやいや、若人《わこうど》の夢にあふるる姿を見るのは刺激的だねえ。私が心のリハビリさせてもらってるみたいだよ」

「せんせのココロ、ケガしてるの？」

ハルカちゃんが聞くと、先生は重いため息をついた。

「先生の可愛い可愛い娘がね、家を出るっていうんだ」

「ゆらさんがですか？」

「東京《とうきょう》の大学に行くと言ってきかなくてね。家内はゆらちゃんを医師にさせたがっているが、私は好きな職業につけばいいと思ってる。だが、家を出ていくというのはねえ……」

再びため息を漏《も》らす。爆発アフロが、この時ばかりは萎《しな》びて見えた。

アフロ先生、あのカラオケ魔神のこと、めっちゃ可愛がってるからなあ……。

目の中はおろか、耳の穴、鼻の穴に入れても痛くなさそう。

以前最カラと話したとき、CHANEL の美容部員になりたいとか言っていた。そのために東京の大学に行きたい、バンド活動もしたいとかなんとか。両親の意向とは対立しているようだ。

「まぁ、私の家のことはともかく」

気を取り直すように、アフロ先生はウンと頷いた。

「もうここまで来たら、推薦は間違いなく受けられるだろう。入試はいつだっけ？」

「九月の半ばです」

「そうか。あっという間だね。ともかく風邪《かぜ》だけは引かないように。あとは寝坊して遅刻とか。そういうことでもない限り、君なら間違いないだろう」

「ありがとうございます！」

心から礼を言った。

俺に恩師というものが居るとすれば、それはこの最上《もがみ》諭吉先生のことだ。

思えば不思議なもんだよな……。

二年前までは「千和を元通りに治せなかったヤブ医者」だなんて、罵《ののし》っていたのに。

理不尽《りふじん》な恨《うら》みすら抱いていたっていうのに。

今では、俺の夢を形成する一翼《いちよく》を担《にな》ってくれた、恩人ですらあるのだ。

書記クン。ハルカちゃん。アフロ先生。
もちろん、冴子《さえこ》さんや水木《みずき》みかん編集長だって。
自演乙《じえんおつ》の春夏秋冬だけじゃない。

様々な人の想いを背負って、俺は前へ進んでいる。

◆

七月頭。
推薦獲得、その最後の関門である一学期期末テスト。
最後の最後でポカミスをして二位に転落、あえなく失敗、俺の目論見《もくろみ》は水の泡——。

——なんてこと、起きると思うか？

俺一人だけのことなら、そんな「まさか」も起きたかもしれないが。
様々な人の想いを背負う俺は——。

「よっっっっっっっっっっっっしっっっっっっっっっっっ!!」

気の早いセミがみんみんと鳴き、初夏の陽射《ひざ》しが差し込む中。
教室前の廊下、その掲示板に貼《は》り出されたテストの順位を見て、俺は雄叫《おたけ》びをあげた。

季堂鋭太《えいた》。

三年生一学期期末テスト・学年一位！

◆

夏休みを一週間後に控《ひか》えた、七月のある日。
一学期に入って二度目の進路相談が実施された。教室で自習中、順番に名前を呼ばれて進路指導室へ行き、一学期の成績と照らし合わせつつ今後の進路を担任と相談するという形だ。
そのためか、教室にはどこか戦々恐々《せんせんきょうきょう》とした雰囲気が流れている。そこかしこで聞こえるおしゃべりに耳を傾《かたむ》ければ「俺、期末の成績悪かったからなあ」「志望校変えろって言われるかなあ」などという、ぼやきのような囁《ささや》き声が聞こえてくる。

いつもおちゃらけている連中も、この時ばかりは深刻にならざるをえない。陽《よう》キャグループ・坂上《さかがみ》弟や赤野《あかの》メイたちも、今日は表情が硬い。連中の志望校がどこかは知らないが、あまり芳《かんば》しい成果をあげられていないようだ。

誰も彼もが、緊張している。

例外といえば、今日もぬぼーっと窓際《まどぎわ》で枝毛取りに勤しんでいるCHANELの美容部員（仮）と、ついさっき呼ばれていった超絶有能美人女子高生プロデューサー様くらいのものである。

他の者は皆、己《おのれ》の将来に対する漠然《ばくぜん》とした不安を抱えて、名前が呼ばれるのをひたすら待っているのだった。

だが――。

そんななかで一番緊張しているのは、俺。

俺、だった。

何故《なぜ》ならば――。

教室後ろの扉が開いた。

銀色の髪を揺らして入室してきたのは、夏川真涼《なつかわますず》。ずいぶん早いお帰りだ。

隣の席に座ると、真涼は当たり前のように俺の心を読み、疑問に答えた。

「私の進路は、明確だもの。『前と変わりません』『そう、がんばってね』だけで終了よ」

「アドバイスとか、ないのか？」

「なかったわ。というより、できないんじゃないかしら？　プリムロード大学を進学先に選ぶのは私が初めてって話だし。向こうの事情なら先生より私のほうが詳しいくらいよ」

さらっと言ってのける。まったく規格外すぎる女だ。今年の現時点での収入で、先生方より遙《はる》かに稼いでいるのは間違いない。

「それより鋭太、次はあなたの番よ」

「え、ああ」

あわてて席を立った。呼ばれる順番はランダムで、前に呼ばれた者が次の者を呼んでくることになっている。

「あなたが行くのは、進路指導室じゃないわよ」

急ぎ足で教室を出ようとした時、真涼が呼び止めた。

「進路指導室ではなく、校長室に呼び出しよ」

教室のおしゃべりが、一瞬にして静まりかえった。

みんな、真涼の言葉の意味するところが何であるかを知っているからだ。

俺を見つめる真涼の瞳《ひとみ》には、なんの色もない。なんの感慨《かんがい》もない。ただ、淡々と役割を果たしているだけだと、その表情が物語っている。

俺の運命を告げるメッセンジャーがこの女とは……。

つくづく、縁があるよな。こいつとは。

「――わかった」

乾いた唇を舐《な》めてから、「よし」と勢いをつけて歩き出した。

カオルの前の席を通る時、軽く背中を叩《たた》かれた。「大丈夫。心配ないよ」。言葉にしなかったが、表情でそう語ってくれた。親友とはかくあるべし。

クラスメイトたちの興味の視線を背負って、教室を出た。

職員室手前にある進路指導室を通り過ぎ、その先にある校長室の前に来る。

二年以上この学校に通ってて、生徒会長まで務めているけれど、この部屋に来るのは初めてだ。部活で優秀な成績を収めると、ここに呼ばれて讃《たた》えられるのだーみたいな話を千和から聞いたことがある。表彰だのメダルだのと無縁の俺には、関係のない場所だと思っていた。

いったん深呼吸してから、他の部屋とは違う重厚なドアをノックした。

「失礼します」

入室すると、そこには三人の男性がいた。

ひとりはうちの担任。三十代後半の痩身痩軀《そうしんそうく》、栄村《さかえむら》先生。生真面目《きまじめ》な眼鏡人《めがねびと》で、基本は良い先生なんだが、神経質なところが玉に瑕《きず》だ。

もうひとりは、生徒会の顧問である筋肉ムキムキ体育教師。名前……なんだっけ？　生徒会室に顔も出さず、「信じてるからな！」が口癖の丸投げ野郎。なんでいるんスか。

そして最後のひとりは、言わずと知れた校長先生。つるつるしたハゲ頭が特徴的な、ニコニコエビス顔の六十代男性である。口さがない生徒からは「ぴっかり豆電球」なるあだ名で呼ばれている。

右に立つ眼鏡担任、左に立つ丸投げ顧問。その二人に挟《はさ》まれて座るぴっかり校長。

たかが生徒ひとりの進路指導に、この三人が揃《そろ》っているということは――。


「季堂くん。おめでとう」


やや甲高い声で、校長が言った。いつもニコニコの顔が、今日はもう一段とニッコニッコしている。

「なにが、でしょうか」

声が掠《かす》れた。

心臓が早鐘《はやがね》を打つ。

ぎゅっ、とシャツの胸元《むなもと》をつかむ。

聞きたいような、聞きたくないような、そんな不思議な気持ち。ばくばく。ばくばく。鼓動が止まらない。心臓が肋骨《ろっこつ》を食い破って外に出てきそうな錯覚に囚《とら》われる。

校長の声が、遠い空からのお告げみたいに聞こえた。

「神通《じんずう》大学の医学部。我が校は、君を推薦することに決定した。おめでとう」

待ちわびた言葉だったにもかかわらず、予想していたことだったにもかかわらず、奇妙に実感がなかった。ただ、ぼけっとして、校長のてらてら光るハゲ頭を見つめた。

眼鏡担任が穏やかに口を開いた。

「職員会議でね、全会一致だったよ。季堂くんの成績ならまったく問題ない。自信を持って神通大に推薦できるとね。もちろん私も同感だ」

丸投げ顧問が豪快に笑った。

「いやあ、まったくたいしたもんだ季堂！　俺の目に狂いはなかった！　信じてた通りだ！」

ばんばん肩を叩かれたが、痛みを感じない。

ぴっかり校長が言った。

「どうしたんだね？　季堂くん」

「いえ、その……実感がわかなくて」

なんだか夢の中にいるみたいだ。

目の前で喜んでいる大人たちが、どこか遠い世界の住人のように思える。

「無理もない無理もない。なにしろ、我が校十年ぶりの快挙《かいきょ》だからねえ。長らく、医学部推薦に足るような優秀な生徒は出ていなかった。新参の先生方には、推薦枠の存在自体を知らない人もいるくらいだ」

しかし、と校長は語を強めた。

「それも、今日を以《もっ》て変わる。君という俊英《しゅんえい》の出現によって、我がハネ高の歴史に新たな栄光が刻まれたのだ！　本当におめでとう！」

「あ、ありがとうございます」

ちょっと誇大《こだい》すぎるのではないかと思うが、ここまで持ち上げられては礼を述べるしかない。

「だけど、まだ推薦が決まっただけなんで。九月の入試に受かるかどうかはこれからです」

校長は笑って首を振った。

「心配いらない。推薦すなわち、合格と思っていい。そういうことになっておる」

「噂《うわさ》ではそう聞いてますけど、本当なんですか？」

「落ちた生徒は、ワシが就任して以降一人もおらんよ」

「はあ」

この校長、就任何年目なんだろう。

校長は甲高い声で笑った。

「いやあすまん！　言い直そう。我が校始まって以来、落ちた生徒は一人もいない！　医学部の勉強についていける生徒しか推薦しないし、向こうもそのつもりで受け入れるのだからね。もっと自信を持ちたまえ、季堂君！」

校長が浮かれてるぶん、眼鏡担任が厳《おごそ》かな口調で言った。

「もちろん油断は禁物《きんもつ》だよ。遅刻は厳禁、当日の体調には十分気をつけて」

「はい」

こう言ってもらったほうが、慎重派の俺には逆に安心できる。

丸投げ顧問がでかい声で言った。

「答案に名前を書くのを忘れるなよ！　それから面接官をぶん殴ったりしないようにな！　信じてるからな！」

「……気をつけます」

この人なりのジョークなのだろうか。どうもよくわからん。

校長が言った。

「今ここで万歳三唱《ばんざいさんしょう》でもしたいところだが、それはいちおう、合格してからのお楽しみにとっておくとしようか」

すかさず顧問と担任が追従《ついしょう》した。

話題のいちゃウザ
青春ラブコメ
第6巻に
2020年
11月15日頃
発売
豪華 小冊子付きが
登場!!
GA文庫
友達の妹が俺に
だけウザい6
小冊子付き特装版
著:三河ごーすと　イラスト:トマリ
予約締切
10月2日(金)

2021年
2月15日頃
発売
今度の
『りゅうおうのおしごと
ドラマCD付き
SAMPLE
SAMPLE
なんと
銀子の抱き枕カバー付
特装版も登場!!!
りゅうおうのおしごと!14
ドラマCD付き特装版／
ドラマCD&抱き枕カバー付き特装版
著:白鳥士郎　イラスト:しらび
予約締切
12月4
今回のドラマCDは「九頭竜先生、女子小学生になる(仮)」!
タイトルどおり、主人公の九頭竜八一が目を覚ますと、なぜか女子小学生にな
……!? というお話です。さらに『空銀子の添い寝ボーナストラック』も収録!!
予約必須の特装版をお見逃しなく!!!
※抱き枕カバーは約160cm×50cmの標準サイズで、素材はアクアプレミア、枕の中身は付属しませんので

さい。

書店印

書

ください。

ださい。
に使用し、

電話番号

ごと!14

400円+ 税)

曜日)

曜日)

部

ごと!14
バー付き特装版
らび
格(13,600 円 + 税)

(金曜日)

(月曜日)

部

は書籍扱いの買取商品です。
けできませんのでご注意ください。

この注文書に記入して、お近くの書店へお申し込みください。

書店印

書籍扱い（買切）

予約注文書

【書店様へ】お客様からの注文書を弊社、営業までご送付ください。
（FAX可：FAX番号03−5549−1211）
注文書の必着日は商品によって異なりますのでご注意ください。
お客様よりお預かりした個人情報は、予約集計のために使用し、
それ以外の用途では使用いたしません。

住所

氏名

電話番号

キリトリ

2020年
11/15頃発売

友達の妹が俺にだけウザい6
小冊子付き特装版
著：三河ごーすと　イラスト：トマリ
ISBN:978-4-8156-0780-7　価格（990円+税）

部

お客様締切	2020年10月2日（金曜日）
弊社締切	2020年10月5日（月曜日）

特装版は書籍扱いの買取商品です。
返品はお受けできませんのでご注意ください。

「良いですなあ校長！　その時はここで祝勝会をやりますか！　いやいや、いっそ体育館で全校生徒を集めて⁉」

「全校集会で報告くらいはしても良いですよね。一、二年生にも希望が見えるわけですし、季堂をお手本にせよということで、三年生も奮起《ふんき》するでしょう」

大人たちが笑うなか、俺はひとり、強張《こわば》った笑《え》みを浮かべるのみである。

――ともあれ。

俺の高校生活の重要なクエストが、これで達成されたことになる。

後は、ラスボス――推薦入試だ。

◆

教室に戻るなり、パンパン！　という乾いた破裂音が鳴り響いた。

すわ爆破《ばくは》テロか⁉　と思わず身構える。修学旅行の時のことがまだ尾をひいていて、爆発には敏感なのである。

だが、俺に降りかかったのは爆風でも恋占いの石の破片でもなく、ひらひらしたテープと色とりどりの紙吹雪《かみふぶき》だった。

「推薦合格、おめでとう！！！！」

たくさんの声が唱和《しょうわ》した。

鳴り響く拍手。

クラスメイトたちが立ち上がり、満面の笑みで俺を出迎えてくれている。スタンディング・オベーション。まさか、俺の人生で体験する日が来るとは思わなかった。

「鋭太、おめでとう」

花束《はなたば》を持ったカオルが進み出た。その優しげなまなざしが、わずかに潤《うる》んでいる。

「今までの努力が報《むく》われたね。本当に良かった。自分のことみたいに嬉《うれ》しいよ」

「あ、ありがとう」

戸惑《とまど》いつつも、花束を受け取った。

「いや、ていうか、なんで推薦もらえたことを知ってるんだ？」

「校長室に呼ばれたって時点で、そういうことじゃん」

そう答えたのは赤野メイである。手には使用済みクラッカーを持っている。アメリカンのほうじゃないやつ。

「実は前から用意してたんだ。カオルくんが言い出してさ。ねえ？」

「成し遂げた鋭太に何かしてあげたくってね」

照れくさそうにカオルは言った。

坂上弟が進み出て、握手を求めてきた。

「マジすげーよ、季堂。ほんとにおめでとう」

「ありがとう」

「これからは仲良くしような！　医者の友達がいたら何かと助かるしさ！」

赤野が「ゲンキンだなー」とツッコみ、クラスメイトからどっと笑いが起きる。

俺は声を大きくした。

「いや、でも合格したわけじゃないから。まだ推薦が決まっただけだからさ」

赤野が言った。

「先輩に聞いたことあるよ。推薦もらったらもう、合格なんだって。入試で落ちた人はいないんだってさ」

校長と同じことを言った。やはり、知られた話のようだ。

クラスメイトたちが口々に祝いを述べてくれる。

「季堂、ほんとうに頑張ってたもんなあ」

「ハーレム野郎とか言ってごめんな」

「やることやってモテてるんだからさ、正直かっこいいよ」

「今の季堂くんなら、マジ、ハーレム作ってても許されるかも」

まさかのハーレム許容論まで飛び出して、俺としてはただただ戸惑うばかりである。

しこしこガリ勉してきただけなのに、なあ。

「おめでとう」

またひとり握手を求めてきた。カラオケ魔神様である。

まぁこいつの場合はわかりやすい。魂胆《こんたん》が見え透いている。差し出した逆のほうの手には、しっかりとマイ・マイクが握られているのだから。

「お祝いに一曲歌わせてもらうわね。何かリクエストある？」

「いや、いいから」

「それではお聴きください。最上ゆらで『いや、いいから』」

「そんな曲ねえよ！　ってか懐《なつか》かしいパターンだなオイ⁉」

とまあ、盛大というほかはない祝福である。

予想もしてなかった事態だ。

カオルはともかく、他のクラスメイトから、赤の他人からもこんなに祝福されるとは思ってもみなかったのだ。

しかし――。

赤の他人ではない約一名、元・偽彼女のそいつだけは、祝福の輪の中にはいなかった。

夏川真涼。

やつだけは、ただひたすら、ＰＣを机に広げて黙々とキーを叩いている。意図的に無視してるという風でもなく、ただ淡々といつも通りのことをやっているだけ。何も特別なことはないと、そう言わんばかりである。

……なんつーか。

逆に、安心するわ。

ここまで、急に手のひらを返したように、みんなから祝福されると。

いつもと同じ冷たいあいつに、なぜか、癒《い》やされる。

◆

放課後も、祝福は続いた。

「季堂会長、おめでとうございます」

　わざわざ三年の教室にまで来てそう言ってくれたのは、書記クンである。半袖《はんそで》から見えるひょろっとした生白い腕と、少し伸びた背丈が、先輩女子たちの目を引いている。

「会長はもう、そっちだろ」

「そうでした」

　はにかんで彼は頭をかく。

　もう彼は書記クンじゃない。新・生徒会長クン。先月末の選挙で見事当選を果たしたのである。すでに引き継ぎもすませ、新体制の生徒会で指揮を執《と》っている。「鋭太の影響だね」なんてカオルはニコニコしていたけど、はてさて。

「なんか、ＰＣなしで会話するの新鮮だな」

「ここ、廊下ですよ」

「そういうことじゃなくてさ」

　ほとんど「ッターン」でしか会話しなかった彼も、選挙活動では多弁だった。演説もなかなか堂に入ったもので、その可愛らしいルックスも相《あい》まって女子の票が集まったらしい。

　人気急上昇のモテモテ後輩クンは、童顔をキリッと引き締めた。

「俺も来年、続きますから」

「ああ。ひと足先に、神通大で待ってるよ」

まだ受かってないけどな、と付け加えて俺は笑った。彼も笑っていた。

大学でも彼が後輩になってくれたら、嬉しいなと思う。

◆

放課後の部室でも、祝福の嵐《あらし》だった。

「えーくんっ、おめでとう‼　おめでとーおめでとーもひとつおめでとう‼」

「おお、暁の聖竜騎士《バーニング・ファイティング・ファイター》よ。約束された勝利の剣をその腕に抱《いだ》いて！」

「タッくんなら当然よね！　当たりの前よっ！」

それぞれの表現で、千和ヒメあーちゃんが祝ってくれた。

部室の机には、家であーちゃんが焼いてきてくれたクッキーやジュースが並べられている。

「ささやかながらの祝勝会」ということだが、ちょっとしたパーティーにも見える。ちなみに、こんな時でもガリガリ机にかじりついて原稿やってる真那《まな》とリス子がちょっと怖い。

俺はわざとしかめ面《つら》を作った。

「いや、お前ら。まだ推薦が出ただけだから。九月の入試に受からないと意味ないんだから」

「はいタッくん。あーんして？」

出し抜けに言われて、思わず口を開いてしまった。その中に放り込まれるチョコチップクッキー。うわ、美味《うま》っ。口の中でホロホロとろける生地《きじ》の甘味に顔が緩《ゆる》んでしまう。

「いや、だから、まだ浮かれるのは早いって言ってるだろ」

「ちょっと愛衣《あい》ずるーい！　あたしもやるー！　えーくん、あーんして？」

そう言われると、反射的に口を開けてしまう。またしても放り込まれるクッキー。今度は苺ジャムがのっかってるやつ。果実の酸味が甘味を引き立てる絶妙なハーモニー。

「エイタエイタっ、わたしも。あーん」

マイスイーテストにそんなことされたら、御主人様からエサをもらう忠犬《ちゅうけん》よろしくハッハッとベロを出してしまう。生クリームがサンドされたクッキーが口の中に放り込まれる。クッキーもいいけど、その綺麗《きれい》な指のほうが美味《おい》しそうだなあゲへへ。

「結局、浮かれてるじゃないですか」

と、冷たい声を降らせたのは真涼さん。祝福の輪に加わらず、タブレットをフリックするのに忙しい。

千和が言った。

「まー、いいじゃん。今日くらいはさ。てか、夏川は何してるの？」

「九月発売号に載せる素材のチョイスを」

タブレットにはシックな秋服の数々が映し出されている。これから夏本番だというのに、もう秋の準備か。そういや、去年夏の東京で撮った写真も秋服だった。

あーちゃんが尋ねた。

「パチレモンの売れ行き、どうなの？」

「復刊する前と比べて、九十八％増」

「約二倍!?　すごいじゃない!!」

「いいえまだまだ。三倍増くらいは狙《ねら》えると思っています。どこかの誰かさんのように浮かれてはいませんよ」

ひとこと多い女である。

しかし、今回ばかりは真涼が正しい。

「本当の祝勝会は、九月の入試に受かってからにするさ」

鞄《かばん》を持って、立ち上がった。

「悪いけど、今日は早めに帰らせてもらうよ。野暮《やぼ》用があるから」

もう帰っちゃうの？　みたいな声が出ると思いきや、千和は笑って頷いた。

残ったクッキーを包んで持たせてくれるあーちゃんも、最後に祝福のハグしてくれたヒメも、笑っている。真涼すら、心なしか表情が穏やかになっている。

みんな、わかっているのだ。

推薦がもらえたことをすぐに伝えなきゃいけない「家族」が、俺にはいるのだということを。

◆

急いで自宅に戻ると、鍵《かぎ》が開いていた。

玄関には黒いパンプスがあった。ゲーム会社に勤めていた頃はいつもスニーカーだったけど、雑誌の編集者になってからは人と会う機会が多いため、靴《くつ》は常にピカピカである。

「よっ。おかえり」

俺の唯一の家族は、飲んべえである。

夕方の早い時間から、缶ビール片手にソファでくつろいでいる。

いつも仕事仕事仕事で会社に泊まり込むのが普通だから、家では極限までだらけるのだと

「有言実行」している。

「つまみでも作ろうか？」

鞄を置きながらそう声をかけると——後ろから抱きつかれた。

「な、なんだよ。暑いじゃないか」

照れくさくてそう言うと、酒臭い息とともに優しい言葉が発せられた。

「推薦おめでとう。鋭太」

その声は、涙で掠れていた。

桐生《きりゅう》冴子。

いつも呑気《のんき》で、飄々《ひょうひょう》としていて、寝てるんだか起きてるんだかわからない目をした、マイペースな叔母《おば》さん。

そんな人が、泣いている……。

「報われたね。報われたね。良かったね。良かったねえ……」

「——」

……くそっ。

泣くな。泣くんじゃない俺。

まだ合格じゃない。

涙はその時まで取っておくんだ。

「なんで、もう知ってるんだよ。驚かせようと思ったのに」

「私から学校に連絡を入れたのさ。朝から気になって気になって仕事が手につかなくって。そんなに心配なら電話してみろって、みかん編集長に言われてさ」

冴子さんは体を離した。ずずっ、と鼻を一度すすった。それで涙はひっこんだ。いつもの飄々とした笑顔に戻っていく。

「まぁ、これからが本番だ。鋭太なら大丈夫だと思うけど、油断しないで頑張んな」

「もちろん」

「万が一落ちても、一般で入ればいいんだから。気楽に臨《のぞ》みなよ」

「はは。心強いよ」

そう答えつつ、そのチャンスは極小であるとわかっている。ハネ高一の俺の学力をもってしても、一般入試で受かるかどうかは半々だろう。だいいち、それでは奨学金が出ない。医学部は六年通うのだ。そこまで冴子さんに負担をかけたくはない。だからこそ、今まで推薦獲得のみを目指してきたのだ。

このチャンス、必ずモノにする。

本番は九月十五日の日曜日。
国立神通大学医学部の校舎で行われる筆記試験と面接。

そこがラストバトルだ。

恋する♥受験生！

応援号！

JK読者モデル

アイに5つの質問！

Q1 カレシと勉強デート♡　場所はどこ？

図書館。
黙々と勉強して、時折目が合って……キャッ♥

Q2 カレシとおそろい勉強グッズ♡　何を持つ？

辞書。
「LOVE」の項に付箋を貼って……フフ♥

Q3 カレシが模試で失敗。なんて励ます？

「ツイてなかっただけよ、
その分本番で上手くいくわね♥」

Q4 もし、自分だけ受かったらどうする？

アイちゃんも浪人すりゅー♥

Q5 じゃあ、カレシだけ受かったら？

大学で浮気したら**殺す**♥

#パチレモンからひとこと

最後だけ迫真なんですけど……。

#8 高校生活最後の夏は修羅場

高校生活最後の夏休み――。

この二度とない夏を、俺は勉強の神様に捧《ささ》げることにした。

毎年のことといえばそうだけど、今までが七割捧げていたとしたら、今年はもう九割九分って感じ。俺のターン！　最後の夏を生《い》け贄《にえ》に、医学部合格を召喚《しょうかん》！　ってなもんだ。多くの学園ラブコメでは三年夏でも海行ったり山行ったりしてるけど、本当どうなってるんだやつらは？　現実はまったく甘くない。数式の海を泳ぎ、英単語の山を登るのが高三の夏ってやつだ。

別に俺だけではない。

千和《ちわ》は毎日、駅前の予備校に通っている。夏期講習だ。背伸びしてひとつ上のクラスを受講したのだが、一日目でレベル差に絶望してクラス替えを希望し、どうにか食らいついている。「勉強教えてやろうか？」って言ったけど、笑って断られた。「えーくんは本番まであと少しじゃん！」。まぁ、確かに人の世話を焼いている場合ではない。

あーちゃんも、やっぱり勉強の虫となっている。前に通っていた予備校ではなく、隣の県にある厳しくて有名な塾に、電車で一時間かけてわざわざ通っている。神通《じんずう》大法学部の先輩・アホ毛こと石毛《いしげ》まつり先輩の紹介だという。いよいよあーちゃんも本気モード。亡くなったお母さんのような検察官になるため、厳しい修業を己《おのれ》に課しているのだ。

大学受験をしないヒメも、厳しい修業に明け暮れている。

7月の「サマコミ」という同人誌即売会は「実売数四〇」という結果だった。これは「金色《こんじき》の暗黒天使団」過去最高記録らしい。とはいえ、まだまだ零細《れいさい》サークル。もっと成り上がる野望を抱くヒメ、真那《まな》、リス子は会議を行い、「それぞれがそれぞれにレベルアップすべし」という結論に達し、三人は一度ばらばらになって武者修業することになった。

ヒメは実家の旅館を手伝うという夏の恒例《こうれい》行事をこなしつつ、絵画塾に通い始めた。美大受験のための個人塾であり、漫画やイラストではなく「ガチ」のデッサンなどを学ぶ場所だ。毎日朝五時起きで旅館の風呂《ふろ》掃除をした後、昼はその塾でスケッチを描きまくり、夜は雑誌の取材やら撮影やら。俺たちがやってる受験勉強なんて生ぬるいほどのハードスケジュール。自演乙《じえんおつ》メンバーでもっとも忙しい夏を送っていると思う。体を壊さないか心配になるレベルだが、八月頭の登校日に会った時はむしろハツラツとしていて、林檎《りんご》やら猫やらミケランジェロやらのスケッチを誇《ほこ》らしげに見せてくれた。キュート。

いっぽう、真那は大手ｗｅｂ小説サイトに投稿を始めた。ストーリーや設定、キャラクター運びを磨くためである。ポイントでランキングづけされるから、評判はひと目でわかる。「もっと読まれるにはどうすればいいか？」ということに、真那は毎日頭を悩ませているという。

あの傲岸不遜《ごうがんふそん》な豚野郎が「もっと読まれるには」なんて!!

男の尻穴《しりあな》に薔薇《ばら》や菊突っこんで「アート」と言い張ってた、あの豚が!!

失恋というものは、人ばかりでなく、豚まで変えてしまうというのか。

ちなみにその後、カオルとの接触はないようだ。結局、真那はあれから生徒会室に一度も来ないまま任期を終えてしまった。リス子も辞めた。二学期からは書記クン改め新・生徒会長クンが、ハネ高生徒会を取り仕切ることになる。

そのリス子は、市内の大手同人サークルでアシスタントを始めた。夏休みのあいだは毎日通って技を盗むのだという。「応援屋」という生徒会長クンの評の通り、どこまでもヒメのサポートをするつもりのようだ。

そして——。

いまひとり。

自演乙の元締め、夏川真涼《なつかわますず》。

こいつは日本にいない。

スウェーデンにある実母・ソフィアさんの旧友の家にホームステイしている。現地の生活にいち早く慣れつつ、プリムロード大学の公開講義みたいなものを受けているようだ。海外の大学に通いながら日本の仕事がきっちりできるかという実験でもあるらしい。

仕事については真涼のことだから問題ないと思う。

おそらく、この件では親子が連絡を取り合ったのだろう。喜ばしいことだ。あの親父《おやじ》がまた横槍《よこやり》を入れるのではないかと思ったが、今のところその様子はないようだ。

とまぁ、そんな感じである。

自演乙メンバー、五人が五人ともバラバラに忙しい夏をすごしている。

一年の夏は海で合宿。二年目の夏は東京《とうきょう》旅行。それらに比べれば、寂《さび》しい夏と言えないこともない。

だけど――。

何故《なぜ》だろう。

家でしこしこ、ひとりで勉強していても、まったく孤独を感じない。寂しくない。むしろ、今まで以上にみんなの存在を強く感じることができた。

俺のことを想《おも》ってくれている乙女《おとめ》四人（約一名疑問符がつくにせよ）が、それぞれの場所でそれぞれの道を歩んでいる。

そう考えるだけで、幸せな、満たされた気分になるのだ。

「これも、ハーレムのひとつの形かもな」

ずっと一緒にいるばかりがハーレムじゃない。

離れていても、心が通じ合っていれば問題ない。

それを発見、自覚できただけでも、この夏は俺にとって有意義だと言える。

◆

八月某日。

夏休み中、一度だけ自演乙のみんなで集まろうと決めた日は、羽根川の花火大会の日だった。当初の開催日は例年通り八月一日であり、その日は全員予定があるねと一度はお流れになった。だが、運良く（？）雨が降って翌週に順延となり、それなら可能ということで集まることになったのだ。

会場は羽根《はね》ノ山《やま》市の南北を貫くように流れる羽根川。

だが、俺たちが集まったのは、そこから数キロ離れた小高い丘の上であった。

「たーまやぁぁぁぁぁぁぁぁ！」

丘の一本杉の枝の上で、千和が叫んだ。

浴衣《ゆかた》姿でするすると、猿《ましら》のごとく登ってしまった。「浴衣が汚れるわよ」とあーちゃんが注意したけど、木登りごときで服を汚すような千和ではない。わずかな出っ張りなどを駆使して幹《みき》に体を触れさせることはなかった。


ドドンッ！　ドンドンッ！


太鼓《たいこ》を打ち鳴らすような音が丘の上に響き渡る。

夏の夜空に次々と打ち上がる、大輪の花火たち。

千和が歓声を上げ、ヒメがため息をつき、あーちゃんが微笑《ほほえ》み、真涼がわずかに目を細める。

ここは、穴場。

俺とあーちゃんだけが知る、花火大会見物の穴場である。

「こんな場所があるなんて、知らなかった‼」

枝の上で千和が興奮気味に叫ぶ。

この場所であれば、視界を切り取る建築物は何もなく、広い夜空に打ち上がる花火を独り占めできる。俺が幼稚園の時、野っ原を駆け回っていて発見した秘密の場所だった。

二年前の夏、ここであーちゃんに「こんいんとどけ」を突きつけられた。

そして冬に、あーちゃんはそのこんいんとどけを、ここで自ら破り捨てたのである。

この場所にみんなで集まろうと言い出したのは、そのあーちゃん本人だった。

『いいのか？　思い出の場所を、みんなに教えても』

メッセでそう聞くと、あーちゃんはこう返信した。

『ハーレムにそういう『独り占め』はなしでしょ、タッくん♥』

その文面は冗談めかしてはいるものの、あーちゃんの確かな「信念」を感じることができた。ハーレムの言い出しっぺとして、さらにその中で一番を目指すという、冬海愛衣《ふゆうみあい》の確固たる覚悟である。

千和、ヒメ、あーちゃんは、それぞれ浴衣姿である。去年の東京旅行で着ていたのと同じ。千和は赤、ヒメは黒、あーちゃんはピンクと、それぞれのイメージカラーみたいな感じで色分けされている。

しかし、真涼だけは白いスーツ姿である。そばには大きなスーツケース。俺がここまで運ばされた。重かった……。中は何入ってるんだよ。

「私、空港から直《じか》だったので」

と、真涼さんは悪びれない。涼しい顔で銀髪をかきあげながら、花火に見入っている。

千和は木からぴょんと飛び降りて、真涼のそばに駆け寄った。

「ね、夏川。スウェーデンのお土産《みやげ》は？」

「ないですよそんなもの。遊びに行ってるんじゃないんですよ？」

「だけど毎日ごはんは食べてるでしょ？　スウェーデンの美味《おい》しい名物とか食べてるんじゃないの？　おっすそわけっ♪　おっすそわけっ♪」

囃《はや》し立てながら真涼の周りをわんこみたいにぐるぐる回る。ていうかもう花火飽きたのかよ。花より団子すぎる。

真涼はため息をつくと、スーツケースの中から缶詰を取りだした。

「わわ。なんの缶詰？　お肉？」

「向こうの名物で、ニシンの塩漬けです。日本では滅多《めった》なことでは手に入らないんですよ。本当はみかん編集長にあげるつもりだったのに」

「お魚かー。まぁいいや！　ありがとう!!」

いそいそと巾着《きんちゃく》の中に缶詰をしまう千和。そのとき、俺は見てしまった。真涼の唇が邪悪な形に歪《ゆが》むのを。……見なかったことにしよう。

「この後はすぐ、パチレモン編集部で打ち合わせをしなくては」

「お前も忙しいやつだなあ」

「当たり前でしょう。こんな余興に付き合ってあげることを、感謝して欲しいわ」

などと言いつつ、真涼の手には綺麗《きれい》な扇子が握られている。ピンクの地に桔梗《ききょう》の花が咲いている。なかなかシャレオツな逸品。

去年の夏、東京土産に真涼が買ったものだ。

それも、五人分。

千和たちの手にも、同じ扇子が握られていた。もちろん、俺も持ってきてる。

誰《だれ》に言われることもなく、示し合わせたわけでもないのに、全員があの扇子を持ってきていたのだった。

「会長にもらったこれ、わたし、気に入ってる」

扇子をかっこよく広げてポーズを取るヒメ。中2病ちっく……なものではなく、まるで熟練の芸妓《げいこ》さんのようにばっちりと決まっている。最近、ヒメには風格がでてきた。本人の性格はちっとも変わってないが、やはり周りから見られ、撮られることで、自《おの》ずと仕草や立ち居振る舞いが洗練されてきたのだろう。

「こないだ静物の課題の時、この扇子をスケッチした。厳しい先生にも珍しく褒められた」

「それはそれは。秋篠《あきしの》さんの才能が花開く一助になれば、プロデュースする私としても喜ばしいのひとことです」

穏やかに微笑む真涼さん。なんだかんだ言ってヒメにはちょっとだけ甘いのである。

再び花火に見入った三人をよそに、真涼が俺にだけ聞こえるように言った。

「ホームステイ先のホストから、母の若い頃の話を聞かされたわ」

「ソフィアさんの？」

「お母さん、若い時はずいぶんな恋愛脳だったみたい。私とは大違いね」

「ふうん……」

燃えるような恋をした、って言ってたもんな。ソフィアさん。

恋愛脳っていえば、そうなんだろう。

「大学時代に父と知り合ったらしいけど、キャンパスでは有名なバカップルだったらしいわよ。人前でも父に堂々と抱きついて、奇声を発しながら父に頬《ほお》ずりしてたんですって。もにょもにょ、もにょもにょもにょと」

「…………」

「まったく、我が母のことながら恥ずかしいわ。恋愛脳が似なくって本当に良かった」

「………………」

いやいや！　そっくりだよ!!　ばっちり遺伝しちゃってるよこのもにょ野郎!!

――とは、言うまい。

せっかく修復した母娘の仲を裂くようなこと、言う必要もない。

「それで、どうなんだスウェーデン」

「なかなか快適よ。私のこの銀髪も蒼《あお》い瞳《ひとみ》も、向こうでは当たり前のものだから」

「それは良かった」

日本では常に好奇の目に晒《さら》されてきた真涼である。向こうの高校に通っていたら、告白よけの偽彼氏《フェイク》なんて作る必要はなかっただろう。

「大学のほうは？　お前なら、ついていけないってことはないだろうけど」

「そうねえ……」

真涼はいったん考え込むように言葉を切った。

「いろいろな教授の講義を聴いて、少し思うところがあったわね。私のこれからについて」

「ビジネスで成功してあの親父から自由になる、ってだけじゃなくてか？」

「そんなものは通過点にすぎないわ。あなただって、今回推薦をもらえてめでたしめでたしじゃないでしょう？　その後の入試に受からなきゃなんの意味もないし、さらにその後は医師国家試験に通らなきゃいけないわけだから」

なるほど。確かにそれはその通り。

「で、気づいたって何を？」

「私の人生の大きな目的になるかもしれないわ」

「……それは？」

そこで真涼は、千和の後ろ姿に目をやった。

家に帰るのが待ちきれないのか、缶詰をなんとか開けようとしている。尖《とが》った石でガリガリフタを削ってる。食い意地張りすぎチワワさん。

しかし、その後ろ姿を見つめる真涼の目は、なんだかまぶしそうで。

「私のような〝偽物《にせもの》〟が、春咲《はるさき》さんのような〝本物〟に勝つ方法」

どん、とまた花火が打ち上がった。

千和もヒメもあーちゃんも、一斉に夜空を見上げて叫ぶ。たまや。かぎや。

「その、方法って？」

不敵な笑《え》みが、花火に照らされている。

「それはね、鋭太《えいた》。この私が〝偽物〟と〝本物〟を決める側に回ってしまえばいいのよ」

「……ふむ」

「何が本物か偽物かは、私が決める。それだけの権力を身につけてしまえば、もうこんなくだらないことで思い悩む必要はなくなるわ」

真涼の表情には吹っ切れたものが浮かんでいた。

「それは、政治家になるってことか？」

「一時期はそう考えていたけれど、今回大学で講義を聴いていて思ったの。国家なんてもう、古いシステムよ。そんなものに囚《とら》われず——例えば巨大多国籍企業のリーダーとなり、国という枠組みに囚われない金融や経済のシステムを作り上げたり。あるいは宗教を起《た》ち上げて、そこの教祖としてひとつの巨大なコロニーを作り上げてしまえばいい。そして、私がすべてのルールを掌《つかさど》ればいいのよ」

真涼の口元に、妖《あや》しい笑みが浮かんだ。

「この夏川真涼が認め、欲するものが本物で、他は偽物にすぎないんだと、『私』が決めればいい。下々に認めさせればいい。それすなわち、真の支配者。勝利者。そうは思わない？　鋭太」

「………………」

めちゃめちゃ壮大な話になってきた。

プロデューサーどころか、本物の「帝王」になろうとしているってわけか。

真涼のやつ、CEOどころか。

「恋愛という価値観は、私が世界の覇権を握ると同時に淘汰《とうた》されるでしょうね」

そんな風に言って、真涼は千和たちを眺《なが》めやる。

「今のうちにせいぜい青春を謳歌《おうか》するがいいわ、恋愛脳ども。フフフ……」

「……」

ラブコメのヒロインが言う台詞《せりふ》じゃねえなあ。

まあ、今に始まったことじゃないけど。

少し距離を置こう。

草むらの中から顔を出していた大きな石に腰掛けて、しばらく花火を見つめた。高校最後の夏が過ぎ去るのを噛《か》みしめた。もしかしたら、これが最後になるかもしれない。四人の

乙女たちと、こんな風に花火を眺めるのは、これが最後かも――。

「こんな時間が、いつまでも続けばいいのにね」

そんな風に声をかけてきたのは、あーちゃんだった。

「今のこの空間が、まさにハーレムよ。私たちが目指す、楽園だわ。そうでしょ？　タッくん」

俺は頷《うなず》いた。

この五人で醸《かも》し出《だ》すこの空気感、かけがえのない時間こそ、俺が守り通したいもの。ずっと、いつまでも大切にしておきたいものだった。

「実はさ、この前――」

少し言いよどんだ後、あーちゃんは言った。

「お父さんと進路の話をした時にね、ちらっと話したのよ。ハーレム計画のこと」

「え」

思わずあーちゃんの顔を見返した。

あの厳格な銀行員、冬海大五郎《だいごろう》のことを思い出す。そんなハーレムだなんて話をしたら、俺、殺されるんじゃ……？

「もちろんそのものズバリは言ってないわよ？　今の部活仲間の関係が気に入ってるから、ずっとこの先も続けていければいいなって、そういう話をしたのよ」

「お父さん、なんて？」

「それは無理だろう、って」

あーちゃんの口調はさばさばしていた。

「部活の関係みたいなものは、高校時代にしか体感できないモラトリアムがあってこそのものだから、それがそのままずっと続くことはないだろうって。『去る者は日々に疎《うと》し』。社会に出て別々の暮らしをしているうちに、変わらざるをえないだろうって――ね」

「そうかもな」

みんながみんな、別々の夢を持っている。そこに向かっていく過程で、成長するだろうし、変化していくだろう。

そうしたら、この関係性も変わってしまう。

「みんなで共有する時間はどんどん減っていくだろうな。そもそも今日、こうやって五人集まるだけでもスケジュール調整大変だったし。真涼なんか海外からだろ。来年の夏はもう、集まるなんてまず無理だろうな」

みんなバラバラになるなんてことは、想像したくないけれど。

ハーレムは、別の形の何かに変わってしまうかもしれない。

だけど――。

「あーちゃん、さっき楽園って言ったよな」

「ええ」

「俺、そういうものでいいんじゃないかって思うんだ。ハーレムっていうのは、『楽園』でいいんじゃないかって」

ようやく千和が缶を開けることに成功した。たちまち、缶詰から汁がプシャアと噴き出し異臭が流れ出した。臭い。めちゃめちゃ臭い。鼻の粘膜《ねんまく》を突き破り、脳を直接突き刺すかのような刺激臭。開けた千和がまず直撃を受け、「目がァ～！　目がァァーー!!」と叫びながらのたうち回り、ヒメが目を回して倒れ、鼻と口をハンカチで押さえた真涼が「またまたやらせていただきましたァァァァン！」とお馴染《なじ》みの勝ち名乗りをあげている。

まるで地獄の釜《かま》が開いたような光景だが――。

これがいつもの、自演乙。

俺たちが高校生活において共有してきた、いつもの日常だった。

俺とあーちゃんは距離を取りつつ（それでも臭うが）、騒《さわ》がしい連中を見つめる。

「楽園ってのはさ、ずっといるところじゃないと思うんだ。常にそこで暮らせる楽園なんか、存在しないんじゃないかって。いつもはみんな、自分の仕事や勉強で日常を戦っているわけだろ。厳しい現実と、戦ってるわけだろ。だけど、休暇の時は家族や恋人とのんびりするわけでさ。そういう『非日常』の時間や空間を指して『楽園』っていうんじゃないかな」

「そうね。ハワイとか、グアムとか」

「はは、そうだな」

楽園といえば、南の島だ。

貧困なイメージかもしれないけれど、そう思う。

「先生になったり帝王になったりモデル兼漫画家になったり検察官になったり、医者になったり。みんな、別々の道を歩んでいく。だけど、こうやって五人集まる時は、そういうの全部忘れて高校時代に戻る。それこそ、南の島に集まったりしてさ」

「素敵ね」

あーちゃんはしみじみと言った。素敵ね。もう一度、繰り返した。

「実現させたいわね。『南の島』」

「ああ」

しばらくあーちゃんと花火を眺めた。

幼稚園時代の思い出の場所は、二年前の冬に新たに書き換えられて。

そして今、再び更新されたのだ。

「思えば、この場所よね。私がタッくんにハーレムを持ちかけたのは」

「ああ、よく覚えてるよ」

「今だから言うけど――あれって実は、カオルの発案だったりするのよね」

………。

えっ？

「あーちゃんも、そうだったのか？」

「私もって？」

「いや、俺もカオルから『ハーレムを作れ』みたいに言われたことあったから」

「それっていつ？」

「二年前のクリスマスの後だよ。ほら、俺のお袋と出くわした時。あの後かな」

「じゃあ、私とほぼ同じタイミングね」

その奇妙な一致が意味するところを考えた。カオルが言い出したハーレム計画。だが、カオルが俺にハーレムを作らせて、どんな得をするのかわからない。

……いや。

わからない、こともない。

去年の秋、あの後夜祭のとき。

カオル、いや、カオリ？　が、俺に囁《ささや》いた言葉が、本心からのものだとしたら。

『ねえ、鋭太。僕も、君のハーレムに入れてよ』

俺は尋ねた。

「あーちゃんは、カオルとは小学校の時からの知り合いなんだよな？」

「……ええ。まあね」

「じゃあ、あいつの家のことも知ってるのか？　俺も最近知ったんだけど、羽根ノ山じゃ有名な旧家なんだって？」

あーちゃんは気まずそうに視線を地面に落とした。だが、否定《ひてい》はしなかった。

「何か、複雑な家庭だったりするのかな」

ちょっといやらしい聞き方だと、我ながら思う。親友のことを探るようなことを言って、カオルに申し訳ないと思う。

だが、気になるのだ。

後夜祭での出来事。

真那がフラレた経緯。

カオルと、その双子の妹であるというカオリ。

あまりにも不可解なことが多すぎて——。

「私も、お父さんから聞いた話しか知らないから、別に詳しくはないのよ」

そんな風に前置きして、あーちゃんは語り始めた。

「カオルの家って、ものすごく厳しい家でね。全部、当主であるおじいさんの言う通りにしなきゃならないんだって。――今でも覚えてるんだけど、小学校の時、川遊びしててカオルが瓶《びん》の破片で足の指をザックリ切っちゃったことがあって。すぐ病院に運ばれて縫《ぬ》うことになったんだけど、『この病院は方角が悪い』ってそのおじいさんが言い出して、別の病院でわざわざ縫ったのよ」

「なんだよ、方角って」

「占いか何かだと思うわ。なんかよくわかんない御札みたいなのを待合室で広げて、呪文《じゅもん》唱えてて。子供心に怖かったわ」

想像すると、確かに背筋が寒くなる。

「そんな迷信みたいなので、わざわざ病院を替えたのか？　子供がケガしてるのに？　ふつう、一刻も早く縫うだろ」

「カオルはずーっと泣いてたわよ。痛い痛いって。でも、おじいさんは顔色ひとつ変えなかったわ。……まぁ、そういう家なのよ」

俺はため息をついた。

「そういう厳しいじーさんがいたわけか。なんていうか、真涼の親父と五十歩百歩だな」

「そうね。……ただ、夏川さんの家と違うのは」

あーちゃんは言った。

「そのおじいさん、もう、亡くなってるのよ」

思わず息を呑《の》んだ。

「亡くなってるって、いつ？」

「そんな昔じゃないわよ。二年前の秋くらいだったかしら」

「一年生の時か。カオル、そんなことひと言も言ってなかったぞ。あーちゃんは聞いてたのか？」

「まさか。カオルが自分の家のことなんか話すわけないでしょ。私だって、お父さんから聞いたのよ。銀行員やってると、地元の資産家の事情は耳に入ってくるから」

思い出せる限りだが、当時、カオルに変わった様子なんかなかったと思う。

知らなかった。

「じゃあ――カオリのことは？」

そのとき、あーちゃんは露骨に顔をしかめた。元・婚約者が俺にこんな表情をするのは極《きわ》めて珍しい。

「タックん。悪いけど、それについては何も言えないの。私にとってもカオルは友達だし」

「……うん、わかってる」

以前も、あーちゃんにカオリのことを聞いたとき、はぐらかされた。あーちゃんはあーちゃんで、カオル、あるいはカオリと何か約束事があるのだろう。

「ただ、ひとつだけ教えてくれないか。遊井《あそい》カオリは、実在するのか？」

それだけは聞いておきたかった。あの後夜祭の日、「僕も君のハーレムに入れてよ」と言ったのは、どちらなのか。その手がかりだけでも知りたかった。

あーちゃんは頷いた。

「遊井カオリって女の子は、ちゃんと実在するわ。カオルとは別人」

「……そうか」

なんだかホッとした。一年生の夏休みの時、カオリとデートして以来、ずっとカオルに化《ば》かされてるような感覚があったから。あーちゃんの弟・勇樹《ゆうき》くんから話を聞いても、実感できなかったのだ。

あーちゃんの口から「カオリ」は本当にいるんだと聞いただけでも、今日は進展した。

「なあ、あーちゃん。これはもしもの話なんだけど」

「なあに？」

「もしも、もしもだぞ？　そのカオリちゃんが、俺たちのハーレムに入りたいって言い出したら、どうする？」

はあ？　とあーちゃんは怪訝《けげん》な顔になった。

「いや、ありえないでしょ。どこに接点があるのよ、あの子とタッくんに」

「……まぁ、そうなんだけど」

「前に言った通りよ。ハーレムはこの四人に限る！　他の女の子を入れたりしたら浮気《うわき》と見なして絶交！　これはヒメちゃんも同じ考えだから」

改めて釘《くぎ》を刺されてしまった。まぁ、そりゃそうだよな。

「ともかくタッくん。今はカオルのことより自分たちのことよ。受験に集中、集中だからねっ」

「わかってるって」

楽園を作るのも、楽じゃない。

南の島、か……。

そこに、カオルｏｒカオリの居場所は、あるんだろうか。

勲柱
季堂鋭太
きどうえいた
修羅滅の刃《しゅらめつのやいば》

#9 真涼とカオル

【身辺調査票】

対象者・遊井《あそい》カオル

■経歴
はねのやま幼稚園
国立神通《じんずう》大学付属小学校
市立羽根《はね》ノ山《やま》中学校
県立羽根ノ山高等学校

■家族構成
父　香太郎《こうたろう》　五十歳
母　昌子《まさこ》　四十九歳
妹　カオリ　十八歳　※二卵性双生児
祖父　香士郎《こうしろう》　すでに死去　享年八十八歳

父・香太郎は現・遊井家当主。香羽《こうば》商事株式会社代表取締役。二年前に祖父・香士郎が

死去した際、事業を引き継いだ。独断専行のワンマンだった香士郎と異なり、調和を重んじるリーダーの模様。温和だが、少し頼りないという評判もあり。

母・昌子は専業主婦。目立った素行なし。あまり表には出てこない模様。

双子の妹・カオリは私立ファンネリア女学院高等部三年。東京《とうきょう》都港区在住。中高一貫・全寮制のミッションスクールのため、羽根ノ山市には不在。詳細わからず。

■遊井家について
羽根ノ山市に古くから住む大地主である。商社を営んでいるが、事業展開には消極的で、経済規模も大きくはない（別紙参照）。ただ土地の権利を多く有するため、羽根ノ山市において隠然《いんぜん》とした権力を持つ。

当主が迷信深いことでも知られ、しきたりやまじない、占いなどを理由に土地の提供や出資を断られた企業も少なくない。特に先代当主・香士郎はその傾向が強かった模様。

先代当主・香士郎は二年前の秋、調査対象者が高一の十月に亡くなっている。

当主が亡くなったことで、遊井家の体質が変わることが期待されたが、長男・香太郎は香士郎の定めたルールを厳格に守っている。

対象者はいずれ遊井家の次代当主になるものと思われる。

■素行
補導歴なし。
目立った非行は見受けられず。

■学業成績
良好。落第の形跡なし。

■交遊関係
幅広い。
もっとも交流があると思われるのはクラスメイトの季堂鋭太《きどうえいた》。

■異性関係
複数の異性に好意を寄せられているが、中学以降、特定の異性と付き合った形跡はない。

◇

「……まったく、いい加減な調査《しごと》ね」

ノートPCの画面でその書類を読み終えたとき、真涼《ますず》が率直《そっちょく》に漏《も》らした感想がそれである。

高い費用を払って探偵事務所に依頼したというのに、得られた情報がたったこれだけというのは予想していなかった。水木《みずき》みかん編集長いわく「なかなかのスゴウデですよ。浮気調査からストーカー撃退まで、羽根ノ山のトラブルならたいてい解決してくれますです！」という触れ込みだったが、これでは子供の使いと変わらない。

「あるいは、〝敵〟が想像以上に手強《てごわ》い、ということ……？」

花火大会の翌日。

月曜日、夕方の喫茶店《きっさてん》。

家族連れとカップルばかりの店内で、ひとり、紺《こん》のスーツ姿でコーヒー片手にPCを広げている銀髪美女の姿は注目の的《まと》である。もちろん、そんなものを気にする真涼ではない。指をくわえてこちらを見上げている幼稚園くらいの女児を、手を振って「シッシッ」と追い払った。

遊井カオル。

まさか、ここまで謎《なぞ》の多い人物とは思わなかった。

真涼とカオルとは、高一からのクラスメイトである。付き合いとしては三年目になるが、話した回数は数えるほどしかない。一度、冬海愛衣《ふゆうみあい》に鋭太のことをあきらめさせるために、協力を依頼したことがあったが、そのくらいである。

遊井カオルは、何を考えているのだろう？

鋭太に対する「執着」と、自分に対する「敵意」を感じるのだが、その正体がなんであるのか、真涼にも説明がつけられない。敵意が真涼個人だけに向けられたものか、あるいは自演乙《じえんおつ》の四名全員に向けられたものなのかも、判断がつかない。

さらに、真那《まな》の件もある。

真那がカオルに片思いして、フラレた。

ただそれだけ――なのだろうか？

「………」

真涼はカップに口をつけてから、もう一度調査票を頭から読み直した。

遊井カオルの家がこの羽根ノ山市の「陰の権力者」であるということはわかった。

だが、その件と、彼が見せている不可解な行動を結びつけて考えるのは困難だ。

彼自身に何か秘密があるのではと思ったが、この調査からは「品行方正な優等生」という、見たままの人間像しか出てこないではないか。

もっと突っこんだ調査を依頼するべきだろう。

さっそく真涼は探偵事務所あてにメールを打ち始めた。これは難しい戦いになるかもしれない。まず必要な情報を揃《そろ》えることが、相手を上回るための第一歩となる。

送信ボタンをクリックした、ちょうどその時――。

「やあ、夏川《なつかわ》さん」

聞き覚えのある、爽《さわ》やかな声が背後からかかった。

滅多《めった》なことでは驚かない真涼だが、この時は心臓からキュッ、という音がしたように感じた。そのくらい、絶妙なタイミングで現れたのである。

遊井カオル。

ノーネクタイのジャケット姿でそこに立ち、笑っている。

「あら、遊井くん。こんなところで珍しいわね」

動揺《どうよう》を顔には出さなかった、と思う。背中に冷たい汗を感じるのは、どうしようもないが。

「勉強の息抜きにお茶でも飲もうと思って。良かったら少し話さない？」

「……ええ」

真涼が頷《うなず》くと、カオルはテーブルの対面についた。お冷《ひ》やとおしぼりを持ってきたウェイターにストロベリーシェイクを注文する。

「いちご、好きなんだよね～」

高校生男子の台詞《せりふ》とは思えない。たとえば鋭太がこんな台詞を口にすれば、クラスじゅうの女子から「キモッ」と言われるに違いない。しかし、中性的で透明感のある美貌《びぼう》の持ち主、カオルが言うなら話は違う。「可愛《かわい》い！」「素敵！」と好意的に迎えられるだろう。

いちごの似合う高校生男子。

パチレモンのモデルにスカウトしたいくらいの逸材だが、そんな気にはなれなかった。

「それで、私になんの話を？」

「んー、まぁ、いろいろあるんだけどね」

カオルは細めた目で、真涼の蒼《あお》い瞳《ひとみ》を見つめた。

「むしろ、夏川さんのほうで僕に聞きたいことがあるんじゃないの？」

真涼は平静を装《よそお》った。

「なんのことかしら？」

「聞きたいんじゃないの？　僕と真那のこと」

ああ、そっちの話か。

「妹には干渉しないことにしているの。特に興味もないし」

「そうなんだ。でもまぁ、いちおう話しておくよ。実はね、僕から真那にキスしてあげたんだ」

真涼は目の前の美少年を見返した。

「……それは、どういう意味のキスかしら？」

「ギブアンドテイクのキス、かな」

「あなたのキスがｇｉｖｅとして、ｔａｋｅは？」

「真那から、君と鋭太の情報を聞き出すこと」

カオルの口元には笑《え》みが浮かんだままだった。

「鋭太の弱みを握って、無理やり彼氏にしてたんだってね」

「………………」

そのこと自体は、ある程度予想はしていた。

真那の口からカオルに情報が漏れているのではないかと思ったことはあるし、鋭太に話したこともある。だが、それが重大事とは思えなかった。偽彼氏《フェイク》がバレて厄介《やっかい》なのは、あくまで千和《ちわ》と愛衣であり、その二人とはもうケリがついている。いくらカオルが鋭太の親友といっても、あの二人以上に話がこじれるということはないはずだ。鋭太も同じ見解だった。

「その件で、あなたに謝罪の必要はあるのかしら」

「さあ。どうなのかな」

カオルは軽く首をひねった。

「世間的な常識で言えば、この件で謝罪を要求する権利があるのは鋭太を好きな女の子、つまりチワワちゃんやあーちゃん、秋篠《あきしの》さんってことになるのかな。親友である僕にも怒る権利はあると思うけれど、謝罪を要求するのは少し違う気がするね」

「じゃあ、謝らないわ」

「常識で言えば、と言ったよ。僕は」

　カオルの口元から、微笑が消えた。

　ウェイターが運んできたストロベリーシェイクが目の前に置かれても、カオルは真涼を見つめたままだった。

「僕は今まで、常識というルールに従って生きてきた。鋭太に対しても、誰《だれ》に対しても、ちゃんとルールを守ってきたつもりさ」

「遊井くんは〝良い人〟だものね」

　軽い挑発《ちょうはつ》をこめて、真涼は言った。

「そう！　まさに夏川さんの言う通りさ！」

　ところがカオルは、我が意を得たりとばかりに手を打った。

「僕は〝良い人〟。いや、良い人を演じてきたといったほうがいいのかな。周りが望む遊井カオルという役柄を、ずっと演じてきた。たぶん、夏川さんも似たような経験があるんじゃない？」

「……」

「君が演じていた役柄がどういうものか知らないけれど、僕は『鋭太の良き理解者』だった。なかなか上手《うま》く演じられていたと思うよ？　鋭太にさえ、僕が〝演じてる〟ことを気づかれたことはないと思う。それは、僕がルールをきちんと守ってきたから。僕は男で、鋭太の親友で、遊井家の長男で——そういうルールを遵守《じゅんしゅ》してきたからこそ、さ」

「何が言いたいのかしら」

真涼は気圧《けお》されていることを自覚せずにはいられなかった。

高校生だてらにビジネスの交渉をこなし、夏川グループ会長の父親さえ凌駕《りょうが》しようとしている自分が、ここまでプレッシャーを感じるとは……。

「わからないのかい？　聡明《そうめい》な夏川さんらしくもない」

カオルは肩をすくめた。

「みんながルールを守るなら、僕だって破るつもりはなかったんだ。一生、ルールの内側で生きていくつもりだった。その覚悟はできていた。だけど——ルールはみんなで守らなきゃ意味がない。たったひとりでも、破ってしまったら、もうルールは絶対のものじゃなくなってしまうんだ。それをやっちゃったのが——君だよ。夏川真涼」

再び、カオルの顔に笑みが浮かんだ。

さっきまでの爽やかな笑みではない。

邪悪。

そう表現するしかない、禍々《まがまが》しい悪意をまとった笑みだった。

「ルールを破ったら、罰を受けてもらわないとね？」

「あなたが、私に罰を与えるというの？」

真涼は冷たく、邪悪を迎え撃った。

「春咲《はるさき》さんたちを差し置いて、あなたが私の罪を裁くと——あなたにそんな権利があるのかしら？」

「あるよ」

「その根拠は？」


「僕が、鋭太を愛しているから」


事も無げにカオルは言った。

「チワワちゃんよりも、あーちゃんよりも、秋篠さんよりも、もちろん君よりも——僕が一番、鋭太を愛してるから、さ」

「……理由は、それだけ？」

「それ以外、何が必要なの？」

「だって、あなたは——男性でしょう？」

その時、カオルの表情が激変した。

余裕ある物腰が消え失せて、感情がマグマとなり、声と表情に表われたのだ。

「それの、何が悪いんだよッッッッ!!」

テーブルが揺れて、グラスが横倒しになる。

店内の視線が集中する。

「自分はルールを破ったくせに、僕にはルールを守れっていうのかい？　それはいただけない、いただけないなァ夏川さん！　訳知り顔で常識を振り回す資格が、君にあるっていうのか⁉」

「……ないわね。あるはずもないわ」

真涼は嘆息した。彼の言う通りだと思った。誰かのルール違反やイレギュラーを咎《とが》める資格は、自分にはない。駆け引きや損得の次元ではなく、矜持《きょうじ》の問題として、それだけはしてはならないと思った。

「理解が早くて、助かるよ」

カオルは落ち着きを取り戻して、店員を呼んだ。怯《おび》えた顔で寄ってきたウェイターに、テーブルを拭《ふ》くように頼んだ。

「今日のところは、それだけ覚えておいてくれたらいいよ」

飲まずに終わったストロベリーシェイクの代金を置いて、カオルは立ち上がった。

「いずれ時が来たら、君には罰を受けてもらう」

「……」

「それまでは、鋭太の受験を見守ろうか。彼の幸せを願うのは、僕も君も、他の三人も同じだろうからね。――それじゃあ」

カオルが去り、周囲の客の注目が剝《は》がれた後も、しばらく真涼は動けなかった。

「………」

罰。

自分はもう、十分に受けたつもりでいた。

千和と姫香《ひめか》と愛衣に謝罪し、清算した以上、偽彼氏の件はもう終わりだと思っていた。

それが、まだ続いていたなんて……。

しかも、思いがけない相手からの奇襲である。

これにどう対抗すれば良いのか、さすがの真涼も、すぐには思いつけなかった。

その時、ＰＣにメールの着信があった。さっき依頼した探偵社から、さっそく返信があったのだ。

報酬吊《つ》り上《あ》げの交渉かと思い、開いてみると――

「依頼を、拒否する……？」

さっと血の気が引くのを、真涼は感じた。

ご依頼のあったターゲットに対してこれ以上の調査はいたしかねます――そんな意味のことが遠回しに書かれていた。情報を探ることで利益《りえき》を得ている探偵が、まさかこんな回答をよこしてくるとは思わなかった。

遊井カオルの素性を探るというのは、そこまでの「闇《やみ》」があるというのか？

それほど危険を伴うというのだろうか。

プロの探偵が尻込《しりご》みするほどの……。

「甘く見ないほうが、良さそうね」

ひとりつぶやき、真涼は思考を整理しはじめた。

カオルが自分に与える「罰」とは、いったい、どんなものなのだろう……。

豚柱
夏川真那
なつかわまな
修羅滅の刃《しゅらめつのやいば》

#10 推薦入試直前で修羅場

夏休みが終わり、二学期が始まれば、運命の日まではあっという間だった。

九月十四日、土曜日。

いよいよ明日、日曜が推薦入試当日である。

一人の夕食を終えた後、部屋で「絶対受かる！　面接の極意」なんていう安っぽいタイトルの本を読んでいる。明日の面接の脳内シミュレーションなんかしながら——いや、正直文字は読んでない。もう何度も読み返していて、内容なんてだいたい覚えてる。ただの精神安定剤代わりに、ページをぼーっと眺《なが》めるのみだ。

「……いよいよ、明日か……」

なんて、独り言を呟《つぶや》けば。

目に入るのは、壁に貼《は》られたスローガン。高校入学当時に決めた「三つの誓い」であった。

①勉強第一！

②恋愛不要、ラブるな危険！

③ホモに間違われないよう気をつけよう！

①はクリアできた。

②はまったくダメだ。ダメダメだ。ラブりまくってしまった。一年生の自分に教えてやり

たい。「お前そんなこと言ってるけど、四人の美少女侍《はべ》らせてハーレム作ってるぞ」。うーん。絶対信じないだろうな。

③は。

……どうなんだろう……。

もし「僕も君のハーレムに入れてよ」という言葉を、カオリではなく、カオルが言ったのだとしたら。

同性から好かれてることになり、恋愛感情を持たれているということになり——同性愛になる。

俺《おれ》自身には、そういう嗜好《しこう》はない。女性に対して恋愛感情を抱くことはあっても、男性に対して抱いたことは、今まで一度もない。

だが、相手はカオルなのだ。

無二の親友。

中学の時から、ずっと俺の理解者。いつも俺の話を聞いてくれて、慰めてくれたり、助言してくれたり。仮にカオルが同性愛者だったからといって、その関係、絆《きずな》が失われるとは思わない。カオルはカオルである。

しかし、じゃあカオルの気持ちに応《こた》えられるかと言われると、それはＮＯだ。恋愛対象として見たことはない。まぁ、それを言ったら千和《ちわ》たちにしたところで同じなわけだが。

「……う～～～～～～ん……？」

考えれば考えるほど、こんがらがる。

カオルは、俺と、どうなりたいのだろう。

俺は、カオルと、どうなるべきなのだろう。

………。

…………。

「…………………やめた」

考えてもしかたがないことは、考えないに限る。

そもそもカオルが本気かどうかもわからない。ただの冗談でした、ということだって十分ありえるわけで。

今はともかく、明日の入試に集中するのみだ。

その時、机に置いてあるスマホがメロディを響かせた。画面を見れば、メールの着信。

噂《うわさ》をすればなんとやらで、カオルからだ。

【差出人】 遊井《あそい》カオル
【件名】 がんばって
いよいよ明日だね。

いつも通りの鋭太《えいた》なら絶対受かるから。

平常心だよ。

「だな」

平常心。平常心。

カオル本人がそう言ってくれているのだ。平常心。いつも通りで、やっていこう。

スマホを机に戻そうとした時、また着信音がした。

我が叔母《おば》、冴子《さえこ》さんからだ。

【差出人】桐生《きりゅう》冴子

【件名】ふぁいといっぱつ！

今日は帰れません！　モウシワケナイ！

明日、いつも通りのキミで頑張ってきてください！

ふぁいと！

冴子さんもカオルと同じことを言っている。「いつも通り」。つまりはそういうことだ。

普通にやればいい。肩の力を抜いて、リラックス。

さらに着信音は続く。パチレモン編集長・水木《みずき》みかんさんからだ。

【差出人】 水木みかん
【件名】 明日の取材の件（至急連絡請う請う請う請う請うつってんだろオラァ!!）
おひさしぶりです。
明日試験と聞きましたです。
リラックスして頑張ってくださいです♥

そうスね。リラックスリラックス。……けどね、みかんさん。件名、別のメールと間違えてないスすか？　怖いんスけど。

いや、まぁ。

わざわざ励ましてくれるなんて、いい人だな。今まで仕事で苦労してきた冴子さんだけど、良い上司に巡り会えたものだ。

そこにまた着信。今度は前々・生徒会長からだ。

【差出人】 星宮《ほしみや》くるみ
【件名】 てきとー

明日の試験、てきとーに。

励ましなのかなんなのかわからない。

いつもムスッとしてる人で、最後まで俺を認めてくれているかどうかわからなかったけど、この文面を見てもやっぱりわからないな……。まぁ、わざわざメールしてきてくれるということは、嫌われてはいないのだろう。そう思っておく。

その直後、相方からもメールが来た。

【差出人】香月《こうづき》ユキオ
【件名】がんばって
さっきのはくるみちゃんなりの励ましです。頑張ってね。

一緒にいるんかーい。

あいかわらず、星宮元会長のフォローには余念がない。

香月元副会長は進学せず、実家のラーメン屋で修業中と聞く。合格したら食べに行こう。

さらにメールは届き続けた。

次は三年一組クラスメイトの皆さんである。

【差出人】赤野《あかの》メイ
【件名】合格！
絶対受かるよ！　ガンバレ！

【差出人】坂上雅二《さかがみまさじ》
【件名】受かる！
明日がんばれよー

【差出人】山本《やまもと》
【件名】合格祈願
お前になら夏川《なつかわ》さんを任せられる。頑張れ。

俺、こいつらとそんな仲良かったっけなあ……？
サッカー部の山本くんからメールをもらえたのはなんか嬉《うれ》しい。下の名前はわからないけど。
そして、意外な人物からも届いた。

【差出人】田中好恵《たなかよしえ》
【件名】ひさしぶり！
季堂《きどう》クン！　私のこと覚えてル？
なんか医学部受けるって聞いてメールしました。
すごいね、がんばって！
受かったら一度ご飯いこーよ！

……おいおいおい。

マジかよ。

田中好恵。

中学の時に片思いしてた、色白エンジェルじゃないか。

サッカー部のなんちゃらと付き合ってたはずだが（俺の目の前でコクってた）、もう別れたっぽいな。

「…………」

別の高校に行ったし、どうやって俺のメアド知ったのか知らないけど。

今さら、食事の誘いとか。

これが。

これが、医者の魔力か……ッッッ。

恐ろしい。

田中好恵にとって、当時は歯牙《しが》にもかけなかった俺に、わざわざこうしてメールしてくるほどの魔力が、医者という肩書きにはあるのだ。「クソ冴《さ》えないヤツだったけど医者になるなら話は別、とりあえず唾《つば》つけといて損はない」とでも判断したのかもしれない。

今さら言ってもおせーよバーーカ！

と、返信しようかと思ったが、やめておこう。

ようやく彼女にもボクの魅力がわかるようになりましたかー、ホッホッホッ。まぁ、そのくらいのノリである。もはや俺氏、悟《さと》りの境地。

俺にはもう、色白エンジェルなんて必要ない。

四人のとびっきりの天使たちがいるのだから。

【差出人】春咲《はるさき》千和

【件名】パワー注入

受かる受かる受かるえーくんは絶対！　受かる!!

【差出人】秋篠姫香《あきしのひめか》

【件名】魔力注入
暁の聖竜騎士《バーニング・ファイティング・ファイター》に我がフォースを注《そそ》ぎ込む。ウカル。ウカル。
【差出人】冬海愛衣《ふゆうみあい》
【件名】愛を注入♥
愛衣ちゃんの愛を試験中も感じてね♥　ガンバレ!

……なんでお前ら、俺に何かを注入したがるんだ……?

しかし、気持ちは伝わる。

それぞれの表現で俺を励まそう、送りだそうとしてくれているのが伝わる。今さら、過剰な言葉なんて必要ないのだ。俺がこの日のためにずっと準備してきたのを、こいつらは知っているのだから。

そして――。

ジョジョ第二部のアニメOPのイントロがスマホから流れ出す。

最後の一人からのメッセージが届いたのだ。

【差出人】夏川真涼《ますず》

【件名】オーノーだズラ。おめえ、もうだめズラ。
落ちる　落っこちる　落っことす　落ち掛かる　ずり落ちる　転げ落ちる　取り落とす
墜落　落石　落馬　釣瓶《つるべ》落とし　逆落とし　落下傘《らっかさん》　落花生　落盤　落語　落合《おちあい》

……いろんな表現を駆使して、呪ってくれたなあオイ……。

語彙力《ごいりょく》すごいネ。真涼さん。

でも「落語」はちょっと違うんじゃないかと思いました。あと落合も。三冠王かよ。

まぁ、こいつらしいっちゃあ、らしい。

お前の合格など死んでも願ってやるものか！　という意気込みが感じられて宜《よろ》しいんじゃないかと。

逆に言えば――。

こんなことで今さら俺が揺るがないことを誰《だれ》よりもよく知ってるから、こんなメールを平然と送りつけられるという見方もできる。

……。

………。

や、そんなわけないいか。意味なんてねえ。ただの悪意だな。うん。

「……ふふ」

気がつけば、自然と笑《え》みを零《こぼ》す自分がいた。

リラックス。

できた、かな……。

◆

翌朝。

九月十五日、午前六時二十八分。

目覚ましが鳴る二分前に目を覚まして、ベッドから出る。

軽く体操をしてから、顔を洗ってヒゲを剃《そ》る。鼻毛をチェックする。髪を整える。ねぐせがあったので、電子レンジで温めたタオルをあてた。これで完璧《かんぺき》。

パンをトースターに放り込み、目玉焼きを作って、昨日作り置いたサラダと一緒にいただく。試験中眠くなっては敵《かな》わないので、軽めの朝食だ。

制服に着替えたところで時計を見れば、六時五十五分。

頃合《ころあ》いだ。

玄関から出れば、待ち受けていたのは穏やかな晴天。空気がとても爽《さわ》やかだ。まだまだ気温は高いけど、秋の気配を感じさせる気持ちの良い風が吹いている。

大丈夫。異常なし――。

世界がそう言ってくれているかのようだ。

「行くか」

ひとりつぶやいて、俺《おれ》は玄関を後にする。

いろんな人の期待やら思惑《おもわく》やらを背負って。

高校生活のすべてを発揮しに。

いざ、決戦へ。

#11 春夏秋冬の“いたずら”

季堂鋭太《きどうえいた》の与《あず》り知らぬところで、ひとつの「いたずら」が進行している。

九月十五日。日曜。

午前七時五十分。

国立神通《じんずう》大学の正門前。

試験会場となる医学部棟に程近い入り口に、四人の乙女《おとめ》が私服姿で集合していた。

春咲千和《はるさきちわ》。夏川真涼《なつかわますず》。秋篠姫香《あきしのひめか》。冬海愛衣《ふゆうみあい》。

自らを演出する乙女の会の四名が、休日に朝早くからこんなところに集まっている理由は、ひとつである。

「えーくん、びっくりするよね絶対!!」

うしし、と笑う千和。

いたずらを仕掛ける子供のような表情であるが、まさしく彼女たちが仕掛けようとしているのは「いたずら」であった。

試験を受けにやって来た鋭太をサプライズで出迎えて、最後の励ましをする。

千和が最初に言い出して、賛成二、反対一で可決されたアイディアだ。

唯一の反対者は、もちろんこの女。

「まったくこの忙しい時に、何故《なぜ》こんなことを」

真涼がため息まじりに言った。かっちりとした紺《こん》のスーツ姿である。大人びた容姿もあいまって、休日をすごす高校生にはとても見えない。この後すぐに東京《とうきょう》へ飛び、週刊少年ジャイブの担当者と打ち合わせがあるという。

「だから、夏川は来なくていいって言ったじゃん」

真涼は冷たい目をして、自分より遥《はる》かに背の低いライバルを見つめた。

「冗談じゃありませんよ。こういう場にいなかったら、未来永劫《みらいえいごう》、鋭太にこの時のことをグチグチ言われそうですからね。お前だけあの時いなかったよなー、冷たいよなー、とか。

鋭太はそういうちっちゃい男ですから」

「えーくんはそんなちっちゃくないよ！　中くらいだよ!!」

春と夏の争いをよそに、秋と冬は大学の建物を物珍しげに見上げている。

「この時計台、すごく綺麗《きれい》。スケッチしたい」

「医学部棟のシンボルで、栄光の塔って名前らしいわ。神通大のパンフレットの表紙にも載ってて、かなり有名よ」

「栄光。まさに、エイタが通うにふさわしい名前」

姫香は深々と頷《うなず》いた。

愛衣は腕時計に目を落とし、

「八時。試験開始一時間前ね。そろそろタッくん、来るかしら」

「マスター、メールしてみる？」

「それじゃあ、サプライズにならなくない？」

ちらほら、試験を受ける学生が姿を現し始めている。

門を通る時、学生たちはみんな物珍しげに四人の乙女を眺《なが》めていく。これだけの美少女、しかも個性が異なる四人の集団というのは、おそらくどこの高校にもいないだろう。特に真涼が集める注目はあきらかに異質で、その銀髪に目を奪われた男子学生がかけていた眼鏡《めがね》を落っことすなどの被害が出ていた。

「あの彼、落ちますね」

と、真涼。無慈悲な宣告をくだす。

「やっぱ夏川、来ないほうが良かったんじゃん？」

「そんなことはないでしょう。あの彼が落ちるぶん、鋭太が有利になります」

「風紀委員の先輩に聞いたんだけど、この推薦入試って絶対に受かるんだって。推薦が出たらもう『勝ち確』で、百人受けたら百人とも受かるって」

愛衣が首を振る。

「とはいえ、試験官をぶん殴ったり面接官の股関節を外したりしたらさすがに落ちるでしょう？」

「タッくんがそんなことするわけないでしょうがっ！」

「わかりませんよ。中学時代の発作《ほっさ》が起きれば、デュクシデュクシと〝宿命の黒き黒炎《フェイトダークブラックフレイム》〟を炸裂《さくれつ》させるかもしれません」

はふう、と姫香がため息をついた。

「ポイントＥＫＭＥで鋭太が放った奥義。懐《なつか》しい」

「あれからもう、二年以上経《た》つんだよねえ」

千和も目を細めた。

「この二年間、ずーっと、えーくん勉強勉強だったもんね。報《むく》われて欲しいなあ」

その言葉には、真涼さえも、異論を挟《はさ》まなかった。

「ねえ愛衣。えーくんの合格って、いつわかるの？」

「十月の初旬って話よ。学校に連絡が来るんだって」

「発表を見に行くんじゃないんだね。じゃあ、学校でみんなで胴上げしようよ！」

「私たちで？　さすがに無理でしょ」

「えー？　四人ならできるって！」

千和と愛衣の笑い声が響く。受験生たちが、怪訝《けげん》な顔で眺めていった。

姫香がわくわくした表情で言う。

「受験が終わったら、エイタにたくさん遊んでもらう。本屋さん巡りして、おいしいものをたくさん食べる」

「えーっ、ずるいよヒメっち！」

「私たちは受験だからなかなか付き合えないものね」

真涼が口を挟む。

「だったら、ローテーションでも組めばいいじゃないですか。毎週日曜一人ずつ、鋭太と遊ぶってことで」

「おお。会長。ないすあいでぃあ」

感心したように姫香が頷く。

「でしょう？　四週間に一人ずつということで。それなら春咲さんや冬海さんも受験の妨《さまた》げにまではならないでしょう」

「確かにそうだね！　……って待ってよ夏川。なんで四週間に一人なの？　ちゃっかり自分も入れてない？」

「悪いんですか？」

「悪いわよ！　さっきまでえーくんには興味ありませんみたいな顔してたくせに!!」

「ありませんよ興味なんて。ただ、たまには私が付き合ってあげないと向こうが寂《さび》しがると思って」

「うそばっかし！　本当は自分が遊びたいんでしょー？」

にぎやかなおしゃべりが止まない。

鋭太の話であれば、何時間だってできる四人である。

時間が経つに連れて、受験生の数はどんどん多くなっていった。親のクルマで門の前まで送ってもらう者もいれば、友達と一緒に来る者もいる。それぞれ緊張した面持《おもも》ちで試験会場へと向かっていった。

ところが――。

「えーくん、遅いね」

駅の方向を見つめながら千和が言った。

時刻はそろそろ八時三十分になろうかというところ。

試験開始は九時だ。そろそろ会場入りしないと、余裕を持って準備できない。

「エイタ、お寝坊さん？」

心配そうにヒメがつぶやくと、さすがに千和の顔色が変わった。

「やっぱりあたし、メールしてみるっ」

今度は誰《だれ》も止めなかった。

「タッくん、一時間前には会場入りするって言ってたのに」

愛衣も不安を隠しきれず、何度も時計を確認してしまう。

スマホを見つめながら、真涼が言った。

「冬海さん。鋭太がここに来る手段は、羽八線《はねはちせん》よね？」

「ええ、そう聞いたわ」

「人身事故で、電車が遅れているようね」

他の三人の顔色が変わった。

「お、遅れてるって、どのくらい⁉　試験間に合うの⁉」

「およそ二十分の遅れ、だそうです」

ほっとした空気が流れる。到着が遅れていることの理由がわかったのだ。余裕を持ってというわけにはいかなくなったが、なんとか試験には間に合うだろう。

しかし――。

午前八時五十分。

待ち人、未《いま》だ来ず。

「メールの返事、来ないんだけどっ‼」

千和の声には、悲痛な響きが含まれていた。

もうとっくに受験生の波は途絶えている。門の前からは人気《ひとけ》がなくなり、初老の守衛が胡散臭《うさんくさ》そうな目つきでこちらをじっと見つめている。

「あ、愛衣ちゃん駅まで走ってくる‼ 改札のところで、タッくんを待つわ‼」

言うが早いが、愛衣は猛然《もうぜん》とダッシュしてみるみるうちに見えなくなった。

姫香は青ざめた顔で立ち尽くしている。その小さな手がぷるぷる震えている。時々「エイタ」「エイタ」とつぶやくのが聞こえる。

「おかしいわね」

真涼の声はあくまで冷静だった。しかし、さすがにその表情は強《こわ》ばっている。

「ネットの情報では、もうとっくに電車の遅れは解消されている。十分くらい前にあわててここを通り過ぎていった連中が、羽八線の利用者のはずよ」

「じゃあえーくん、電車に乗ってないってこと⁉」

千和はスマホをタップした。もう電話してみるしかない。もしこちらに向かっているなら邪魔になるということで、今まで遠慮していた。だが、もうあと十分もすれば試験が始まるのだ。

しばらくスマホに耳を押し当てていた。

だが……。

「ダメ。つながんない。呼び出し音の後、留守電になっちゃう」

「電話に出られない状況にある、ということになるわね……」

そのとき、姫香が青ざめた顔でつぶやいた。

「まさか……事故？」

その言葉に、千和の表情が変わる。

確かにもうそれくらいしか考えられない。寝坊を心配していたが、まだそのほうがマシである。事故。交通事故。「まさかそんな」と言いたいところだが、実際に遭遇したことがある千和としては、まったくありえないこととは思えなかった。

「もうひとつの可能性としては——」

真涼が言った。

「私たちがここに来るよりも早く、彼が会場入りしていたら。今起きている事象にいちおうの説明はつくわ」

千和ははっとした表情になった。

「そ、そっかそっか！　それアリじゃん！　夏川たまには良いこと言う‼」

姫香が首を傾《かし》げた。

「でも、それならスマホがつながるのでは？」

「もう試験会場にいるなら、音切ってバッグに入れてるんじゃない？　それで準備に集中してたら気づかないし！　そ、そうだよきっと!!　ねえ夏川？」

真涼は返事をしなかった。難しい顔で考え込んでいる。


さらに時間が経過した。

九時三十分。


もう試験は始まっているはずだ。

大学構内は不気味なくらいしんと静まりかえっている。時々、ぽつぽつとサークル活動をする学生たちが門を通っていくくらいで、他の人の行き来はない。守衛はあいかわらず怖い顔で千和たちをにらんだままである。

とぼとぼとこちらに歩いてくる人影があった。「えーくん!?」思わず声をあげた千和だが、すぐに肩を落とした。人影は、千和と同じくらいしょげかえった愛衣だったのだ。

「タッくん、来た？」

「ううん。来てない。愛衣のほうは？」

「来てたら、一緒に来てるわよ」

愛衣は大きなため息をついた。

「さっき夏川が言ってたんだけど、えーくんあたしたちが来るより前に会場入りしてるんじゃない？　早く目が覚めちゃったから、早めに来ちゃったってこともあるじゃん！」

「……そうね……そう、なのかも……」

語気も弱々しく、愛衣はうつむいてしまった。

千和は空元気《からげんき》を出した。

「ねえ愛衣。試験が終わるのって、夕方だよね？」

「そのはずだけど……」

「あたし待ってる！　ここでえーくんが出てくるの、待ってるから！」

愛衣と姫香は頷いた。

「付き合うわ」

「同じく」

千和たちは煉瓦《れんが》造りの門に背中で寄りかかった。

真涼だけがしゃんと背筋を伸ばし、誰かと電話で話をしている。何度も「ごめんなさい」と謝るのが千和の耳にも聞こえた。相手はおそらく、東京で打ち合わせをするという編集者だろう。真涼は仕事をすっぽかし、ここで鋭太を待つことを選択したのだ。あの真涼が電話口で何度も頭を下げるのを見て、何故だか、千和は泣きたくなった。

――えーくん。

心の中で呼びかける。

えーくん。どうしちゃったの？

今日のために、ずっと、ずうっと頑張ってきたんじゃないの？

みんなが遊んでいる時も、我慢して勉強して。
生徒会長までやって学校のために活動して。
あんなに好きだった漫画やラノベも捨てちゃって。
ガリ勉だって言われても構わずに。

ずっと、ずっと、頑張ってきたんじゃん。

えーくんの夢のため。そして、あたしたちの夢のため。

その最終決戦が、今日なのに。

どうして、来ないの？

ねえ――。

◆

十一時四十七分。

太陽が空高く昇り、待ちくたびれた四人の乙女たちを真上から見下ろしている。

「そろそろ学科試験が終わる時間だわ」

愛衣がつぶやいた。

スケジュールでは、午前中に学科試験。昼食を挟んで、午後からは小論文、そして面接という順序になっている。昼休みになったら、電話がつながるかもしれない。試験に集中していた鋭太が、ようやく気づくかもしれない。千和たちはそこに望みを託《たく》している。

だが――。

「……あれ、もしかして……」

彼方《かなた》を見つめながら、真涼がつぶやいた。

駅からの道を猛然と駆けてくる人影がある。それは、四人がよく知っている影。彼女たちが、高校生活を通して苦楽を共にしてきた人物の影であった。

「えーくんっ！」

「…………」

「エイタ！」

「タッくん！」

四人の反応が交錯《こうさく》する中、季堂鋭太はようやく門にたどりついた。苦しげに息を切らしている。全身汗みずく。そして、制服のシャツには、ところどころに赤いシミが散っていた。

「それ、血⁉　どうしたのえーくんっ⁉」

「エイタ、どこかケガしたの？　痛い？」

「びょ、びょびょ、びょーいん！　びょういん！　愛衣ちゃんひゃくじゅーきゅーばん‼」

血相を変える乙女たちに、鋭太は。

「いやあ、あは、あははは……」

バツが悪そうに笑って、頭をかいて。

「実は、さ。うっかり寝坊しちゃって。ははは。はははは……」

笑って誤魔化《ごまか》そう、としたのだろう。

元来《がんらい》、嘘《うそ》の下手な男である。

そんな誤魔化し笑いが続くはずもなく、顔がくしゃっ、と丸まった。

痛みをこらえるかのようにうずくまり、アスファルトの上で四つん這《ば》いになり——。

「おうっ、おおおうっ……おおおおおうっっっっっ……」

慟哭《どうこく》。

その言葉の意味を、千和たちは正しく知ることになった。

泣いている。
あの季堂鋭太が。
泣いている……。

#12 手のひらクルッで修羅場

落ちた。

オチタ｜。

推薦試験に、落ちてしまった。

しかも、遅刻で。

「…………は〜〜〜」

リビングのソファに座り込んで、ぼ｜っとしている俺《おれ》である。

あの後、試験会場からどうやって帰ってきたか覚えてない。千和《ちわ》とヒメ、あ｜ちゃんはみんな泣いていて、ひとり冷静な真涼《ますず》に無理やりタクシ｜に押し込まれたところまでは覚えてるが、そこからはどうしたのか。運ちゃんにお金、払ったっけ？　どうだっけ？　まぁ無賃乗車で通報されてないところを見ると、払ったんだろう。そんな体《てい》たらくである。

帰宅以降、ず｜っとソファでぼ｜っとしている。

もう何時間、こうしてるかわからない。

窓から差し込む光がオレンジ色を帯びていることから、時刻が夕方だとわかる。軽い朝食以降、何も食べてないのに腹は減ってない。胃袋が自分の体から消失してしまったみたいに、食欲という概念が抜け落ちていた。

「……はあ……」

千和たちは、なんであそこにいたんだろう。

試験を受けに来た俺を激励に来てくれたんだろうか。

だとしたら、本当、酷《ひど》いことをした。俺のことを信じてくれていたのに、期待してくれていたのに、裏切るような真似《まね》をしてしまった。

なにより、千和。

千和に対しては、本当に申し開きのしようがない。

医者になるっていうのが、千和に誓った夢だったのに。目標だったのに。

俺は、自分でそれを踏《ふ》みにじってしまった。

「…………」

乙女《おとめ》の会の四人だけじゃない。

学校の先生、クラスメイト、先輩、後輩。

こんな俺に期待を寄せてくれていたのに。

明日、ともかく謝らなきゃ……。

そのとき、スマホの着信音が鳴った。

画面に表示されていた名前は、桐生冴子《きりゅうさえこ》。

見た瞬間、「出たくないな」という気持ちがわき上がった。だが、それではいけない。俺の大切な家族だ。そして、今回の俺の行動によって、もっとも被害を被《こうむ》る人である。きちんと説明する義務が俺にはある。

『鋭太《えいた》かい？』

冴子さんの声は穏やかで、優しかった。

『チワワちゃんから連絡もらったよ。試験、遅刻したんだって？』

「うん……」

『途中から受けるとかは、できなかったの？』

「着いた時はもう、学科試験が終わる直前で。いちおう試験官には言ったけど、あきらめてもらうほかないって」

『そっか』

軽いため息が電話の向こうで聞こえた。

『遅刻の理由は？』

「…………………寝坊」

『本当かい？』

冴子さんの声が真剣になった。

『鋭太。キミは確かに抜けているところはあるけれど、こんな大一番で遅刻するようなヤツじゃないと思ってる。何か別の理由があるんじゃないのかい？』

俺はいったんスマホを離して、天井《てんじょう》を仰《あお》いだ。

ダメだ。やっぱり冴子さんはだませない。いや、だますべきじゃない。世界じゅうの人に嘘《うそ》をついても、この人にだけは話しておく必要がある。

「冴子さん。ひとつだけ、お願いがあります」

『うん？』

「他の誰《だれ》にも内緒にするって、約束してください。特に、千和には」

『チワワちゃん？』

首を傾《かし》げる気配があった。

やがて、

『わかった、約束するよ』

「ありがとう」

俺はぽつぽつ、ゆっくりと、冴子さんに理由を語った。それは、自分の心の点検作業でもあった。なぜ、俺が遅刻したのか。なぜ、遅刻の理由を隠すのか。その理由を自分の中で固める作業でもあった。

『――そういうことか』

すべて聞き終わった後、冴子さんの声は少し明るくなっていた。

『キミらしい理由だね。鋭太』

「ごめん」

『いや。キミらしくない理由で合格するより、キミらしい理由で不合格のほうが、よほどいい』

涙が出そうになった。

ツンときた鼻を一度、啜《すす》った。

「だけど、これでまた冴子さんに迷惑を……」

『コラ。前にも言っただろー？　そんなの迷惑でもなんでもないって。もし推薦もらえなかった時のために、一般入試の勉強だってしてきたんだろう？　キミなら受かるよ』

「でも、めちゃめちゃお金がかかるし」

『おいおい。今のパチレモンを甘くみるなよ？　まさに飛ぶ鳥を落とす勢いなんだから。給料もうなぎ登りだし、ボーナスや金一封も気前よくくれている。ちゃーんと収益を社員に還元してくれてるよ。あの銀髪プロデューサー様は』

「……そっか」

それでも、医学部の学費は結構な負担になると思う。

だが、そのことで冴子さんに遠慮はしないってことは、以前に話をしている。

家族だから。

頼るべき時は素直に頼ることができるのが、本当の家族だからだ。

「ありがとう冴子さん。頼らせてもらいます！」

『ん。じゃあ、引き続きキミは医学部受験に向けて頑張るってことで！　そんで医者になったら、あたしの老後はタヒチに豪邸よろしくな‼』

「はは。わかった」

そういえば、前もそんなようなこと言ってたなあ。

タヒチといえば、南の島。

ここでも南の島だ。

電話を切った後は、再び虚無が襲ってきた。

冴子さんにはああ言ったけれど、やっぱり、これまでずっと目指してきた目標が急に消失したダメージ、喪失感はぬぐえない。すぐには切り替えられない。だが、やらねば。一月のセンターをくぐり抜け、二月の二次試験に合格する。奨学金はもう、もらえないけど、神通《じんずう》大学医学部への道が閉ざされたわけじゃない。やらねば。

「…………」

だが、その前に明日だ。

明日、先生方に説明しなくてはならない。学校じゅうにも知れ渡るだろう。昨日、メールくれた人たちはなんて言うだろう。遅刻で受験できなかったなんて言ったら、どういう反応を示すだろう。

せっかく、応援してもらえたのにな……。

つくづく俺は、孤独の星のもとに生まれているらしい。

◆

翌朝、いつもより五分遅く登校した。

教室に入った瞬間、いつもと空気感が違うのがわかった。充満していたおしゃべりが一瞬にして静まり、無言の視線が圧となって俺の顔に吹きつける。どうやらすでに噂《うわさ》は広まっているらしい。

「おはよう」

挨拶《あいさつ》すると、さっと視線が逸《そ》れていく。そして、再びおしゃべりが始まる。何事もなかったような顔で。お前なんか知らない、見えてないみたいな顔で、日常に戻っていく。

赤野《あかの》メイや坂上弟らがたむろする、廊下側後方の席。

一昨日メールをくれた礼を言おうか迷ったが、結局行かなかった。ちらっと赤野と目が合った時の冷たい目に怖《お》じ気《け》づいたのだ。「は？　そんなことあった？」平然とそんな風に言われそうで、怖くて行けなかった。

まぁ、しかたあるまい。

人の期待を裏切るっていうのは、そういうことだ。

信頼を失うってことだ。

もちろん、俺にだって言いたいことはある。「今まで見向きもしなかった俺に、勝手に期待を寄せてきたのはそっちじゃないか」と。「勝手に期待して勝手に裏切られて、勝手に嫌いになってんじゃねーよ」と、言いたくなる気持ちはある。

しかし、ぐっと堪《こら》えよう。

おそらくこれから、そういう「一方的な失意」が怒濤《どとう》のように押し寄せるだろう。そのひとつひとつにいちいち反応していたらキリがない。いずれ、一般入試でちゃんと受かる。その時、わかってもらえればいい。

教室に、真涼の姿はまだない。

あの悪の帝王は、今回の俺の行動についてなんて言うだろう。

ざまあないわね、と笑うだろうか。

それとも……。


「鋭太！」


そう名前を呼んで、駆け寄ってきてくれたのは我が親友。

「鋭太、聞いたよ。大変だったね」

「うん……」

心の底から俺を案じる表情と声に、思わず絆《ほだ》され、涙がこみあげる。

「一般入試でも受けるんでしょう？　医学部」

「ああ。もちろん」

「じゃあこれからは同じ受験生だね。二月まで一緒に頑張ろうよ！」

カオルが口にしたのは、当たり障りのない普通の励ましであった。そして、それがとても心に染《し》みた。遅刻の理由も聞かないし、下手な慰めも言わない。ただ、「頑張ろうよ」と言ってくれるこの親友の言葉が、本当に心に染み渡《わた》るようだった。

カオルは少し体を屈《かが》め、声を潜《ひそ》めた。

「しばらくは周りがうるさいかもしれないけど、気にしないでね。僕がなんとかするからさ」

「なんとかって？」

「誰にも鋭太を傷つけさせやしない。僕が、君を守るから」

思わずカオルの顔を見返した。そこには、優しい微笑が浮かんでいた。これまで数多《あまた》の女子生徒を恋に落としてきた、あの金髪豚ですら落とした、魅力的な笑《え》みだった。

しかし……。

どういう意味だろう。

守るって、どういう？

「季堂《きどう》。ちょっと」

呼ばれて振り返ると、眼鏡《めがね》の担任が教室前方の扉で手招きしていた。その表情には、不機嫌《ふきげん》がありありと浮かんでいる。

「はい」

大人しく従った。

「鋭太……」

「大丈夫。ちょっと小言もらってくるよ」

心配そうに見送るカオルに、軽く手を振って教室を後にする。

眼鏡担任は無言で歩き、校長室まで俺を連れて行った。

中に入れば、そこには苦虫を噛《か》みつぶしたような顔の丸投げ顧問と、苦虫を百万匹噛みつぶしたような顔のぴっかり校長が待っていた。

「どういうことだね、季堂くんっ!!」

雷鳴のような怒鳴り声が窓ガラスを震わせた。校長の頬肉《ほほにく》もぷるぷる震えている。

「き、きみは、試験に遅刻したそうじゃないか！　わざわざ神通大学から報告があったんだぞ!!　なぜ、遅刻したんだ！」

「すみません。寝坊しました」

「寝坊⁉」

かっと目を見開いて叫ぶと、校長は絶句した。そのまま、うつむき、机の上で拳《こぶし》をきつく握り締めた。禿《は》げた頭がタコみたいな色に染まり、てらてら光っている。

校長に代わって、眼鏡担任が口を開く。

「季堂。それは本当か？」

「……はい」

担任は重いため息をついた。

「だとしたら、言い訳のしようがないな。こんな大事な日に寝坊だなんて。生活態度も含めて君を推薦したのに、甚《はなは》だしい裏切りだ」

「申し訳ありませんでした」

深々と頭を下げた。

「一般入試で、神通大医学部を受け直します。今度こそ、遅刻なんてことがないようにしますから」

「そんなもん、信じられるか」

棘《とげ》のある声をあげたのは丸投げ顧問である。

「推薦をもらっておいて大遅刻なんてヘマをやらかす生徒が、一般入試で受かるとは思えんねえ。信じられん」

あれだけいつも「信じてるからな！」と連呼していた男が、今度は「信じられん教」に入信したようだ。

「いいか季堂。お前は我が校のメンツを潰《つぶ》したんだ。お前なら間違いないと推薦したのに、まさかこんなことになるとは。まったく、信じられん！」

「申し訳ありませんでした」

なんと言われようと、謝る以外の選択肢はなかった。

ハンカチで汗を拭《ふ》いた校長が、幾分《いくぶん》か落ち着いた声で言った。

「私はこれから栄村《さかえむら》先生と神通大学に行ってくる。学長と医学部長に直接謝らなくてはいけないからな」

「我が校の心証は間違いなく悪くなりましたからね。きっちりフォローしておかなくては」

校長と担任の言うことは、もっともだった。俺の遅刻のせいでハネ高生全体のイメージまで悪くなる。そうならないようフォローしてくれるのであれば、俺としてもありがたい。

「僕のせいで、すみません。よろしくお願いします」

そう言って頭を下げたが、もう誰も俺のことなんか見ていなかった。校長も担任も顧問も、難しい顔でこれからの対応策を話し合っている。俺がやらかした問題は、もう大人たちの領域に入ったのだ。

失礼しますと小声で言って、校長室を後にした。

はあ……。

廊下を歩いていると、向こうから歩いてくるおかっぱの男子生徒と視線が合った。

元書記クンである。

「あ……」

「……」

彼は無言で目を伏せると、歩く速度を速めた。

そのまま、すれ違った。

「ごめん」

俺の声はきっと届かなかっただろう。彼はそのまま、職員室に入ってしまった。

俺はしばらく廊下に立ち尽くした。ただ呆然《ぼうぜん》と、閉じた扉を凝視するしかなかった。先生方に叱《しか》られるより、彼の反応のほうがよっぽど堪《こた》える。俺に憧《あこが》れているとまで言ってくれた彼。「後に続く」と言ってくれた彼の気持ちを踏みにじるようなことを、俺はやってしまったのだ。

「本当に、ごめんな……」

彼の消えた職員室にもう一度声をかけて、俺は歩き出した。

教室までの道のりがとてつもなく遠く感じる。もう、この学校に俺の居場所はないんじゃないか。そんな絶望感が、足を重くしていた。

途中で、ちょうど廊下を歩いてきた最上《もがみ》ゆらに出くわした。女子トイレの帰りらしい。こいつだけはいつもと変わらず、のんびりのびのび。思わず癒《い》やされてしまうくらい、のろのろマイペースに歩いている。

「あら、季堂くん」

「……よう」

眠たげなまなざしが、俺のことを見上げる。

「うちのアフロから事情は聞いたわ。大変だったわね」

「……」

しまった、そうか。こいつは事情を知っててもおかしくないんだった。

俺が顔をしかめたことに気づいたのか、最上は肩をすくめた。

「そんな顔しないでよ。誰にも言わないから」

「そうか、助かる」

マイペースな女だが、口は堅いほうだろう。信じよう。

最上は肩をすくめて言った。

「それにしても――あなたも損な性格よねえ。まったく信じがたい行動だわ」

「ほっといてくれ」

最上の軽口が、なんだか心地よい。こいつだけはメールとかしてこなかったしな。

その冷たさが、今はありがたかった。

◆

放課後はいつも通り部室に行った。

正直、千和たちには合わせる顔がない。何も言わずに帰ってしまおうかとも考えた。だが、それではあまりに不義理だろう。本当の話はできないにせよ、みんなにはちゃんと謝りたいと思った。

部室のドアを開けると、がたっと椅子《いす》が鳴る音がした。ヒメが立ち上がったのだ。その表情は今にも泣き出しそうで、俺のところにとてとて駆け寄ってきた。

「エイタ、大丈夫？」

「心配かけて、ごめんな」

ヒメの頭をナデナデした。はあ、癒やされる。ぱっつんと切り揃《そろ》えられた前髪の下で、ウルウルした瞳《ひとみ》が俺を見上げている。

部室に居たのはヒメのほか、千和とあーちゃんだけだった。真涼の姿はない。今日は教室にも顔を出さなかった。おそらく仕事関係で欠席なのだろう。

「えーくん、昨日は……」

千和は立ち上がったけど、ヒメのように駆け寄ったりはしなかった。じっ、と思い詰めた顔で俺のことを見つめている。

「昨日は、どうしたの？　寝坊って、嘘でしょ？　どうして？」

俺は視線を逸らした。とても直視していられない。こんなに悲しそうな千和の目を見るのは、初めてだった。

「タッくん。何か事情があるのよね？」

あーちゃんも同じく、悲しそうな目をしていた。千和と異なるのは、せめて俺を元気づけようと声だけは明るくしようとしているところだろうか。

「ね、話して。このままじゃ、先生方にも学校のみんなにも誤解されたままじゃない。そんなの、愛衣《あい》ちゃん我慢できない。タッくんが、大事な試験の日に寝坊なんかするはずないもの」

俺は首を横に振った。

「本当に寝坊したんだ。目覚ましをセットしてたつもりが、どういうわけか鳴らなくて。思いっきり寝過ごした。起きた時にはもう、試験が始まってる時間だったんだ」

「そんなはずないよっ！」

「エイタはそんなことしない！」

「そうよタッくん！　どうして話してくれないの？」

三人は頑《かたく》なに信じない。

それだけ、普段の俺を信頼してくれているということだが、今日ばかりはその信頼が辛《つら》い。

「本当なんだ」

俺は繰り返した。

「本当に、寝坊した。自業自得で遅刻したんだ。みんなに批判されてもしかたがない。それだけの大ポカをやらかしたんだから」

俺は頭を下げた。

「せっかく応援してくれたのに。ごめん」

三人は唇を噛んでうつむいた。

「特に千和には、本当に悪いと思ってる。中三の時に約束したこと、自分から破るようなことをして、本当に……ごめん」

千和は黙って首を振った。そんなこと言わないでよと、濡《ぬ》れた目が語っていた。

部室に重苦しい沈黙が降りる。

「だけど、これで医者をあきらめたわけじゃないぞ？」

三人を元気づけるように、あるいは自分を鼓舞するように言った。

「こうなった以上は、一般入試で頑張るつもりだ。推薦じゃなくても、医学部に入ってみせる」

千和が顔をあげた。少しだけ、表情に明るさが戻っている。

「じゃ、じゃあ、まだ約束、続いてるじゃん！　えーくん、破ってないじゃん！」

「まあ、敗者復活戦だな」

俺も明るい顔を作った。

「昨日冴子さんとも話して、ちゃんと学費出してくれるって。その代わり、老後にタヒチの豪邸ねだられたけど」

「そっか……」

千和は心底安心したというように、ほうっと長いため息をついた。

「……でも、あたし、やっぱり納得できない。理由を話せないならしかたないんだけど、そのせいでえーくんが学校のみんなから悪く言われるの、我慢できないよ」

あーちゃんが同調した。

「私もそれが悔しいのよ!! こないだまでタッくんのことすごいって褒めてた生徒や先生まで、急に手のひら返したみたいに叩き出したのよ⁉ 今までずーっと頑張ってきたタッくんに、ひどい仕打ちよ！」

「マスターの言う通り。許しがたい！」

ヒメが拳をぷるぷる震わせている。いつも大人しいヒメが、まったくもって珍しい。

「それは、俺の自業自得だから」

三人を宥《なだ》める言葉がないか、頭をフル回転させた。だが、何も思いつかない。俺のことを思いやってくれる気持ちが深いだけに、納得させるのは至難の業《わざ》のように思えた。

「どんな理由であれ、遅刻は俺の責任だ。周りからどう非難されようとしかたない。一般入試で受かったら、きっとまた見直してもらえるさ」

「一般入試の合否がわかるのって、三月じゃん！ 卒業した後じゃん！」

「そりゃそうだろ」

「じゃあえーくん、みんなに誤解されたまま卒業することになるじゃん！ そんなのダメだよっ！ 絶対にっ!!」

千和の叫び、いや、憤《いきどお》りは本物だった。

ヒメやあーちゃんも同じ思いなのは、表情を見ればわかる。

くそっ……。

どう言えば、いいんだ。

三人に悲しい思いをさせるのは、本意じゃない。まったく本意じゃないんだ。

なんて言えば、納得させられる？

ああ――。

『こんな時に真涼がいれば』

思わず、そんな風に思ってしまった。

あの銀髪帝王であれば、「別にいいじゃないですか。鋭太が誤解されようが何だろうが」とか言ってくれるだろう。「それで山は死にますか。川は死にますか。海はどうですか」「そんなの気にしてたらハゲますよ？　春咲《はるさき》さん」と言ってくれるだろう。その容赦《ようしゃ》ない冷たさが、今こそ必要な時なのに、何故《なぜ》いない……。

その時、ふいに扉が開いた。

真涼か⁉

思わず俺は振り向いたが、そこに立っていたのは――。

「そこまでにしときなよ」

遊井《あそい》カオル。

我が親友が、見たこともないような厳しい顔をして立っていた。

つかつか歩み寄ると、俺をかばうようにして、千和たちの前に進み出た。

「君たち、鋭太を追い詰めて楽しいのかい？」

千和たちは口と目を大きく開いて立ち尽くした。突然の乱入者にどう対応していいのかわからないのだ。

「鋭太は切り替えて頑張るって言ってるんだよ。それなのに過ぎたことばかり持ち出して、鋭太を責めて、楽しいのかい？」

「……な、何よカオル！　あなたには関係ないでしょ⁉」

ようやく我に返ったあーちゃんが言い返した。

「関係ない――だって？」

カオルの声も表情も、別人のように冷たい。

「あーちゃん。君は思い上がってるよ。チワワちゃんも、秋篠《あきしの》さんも。鋭太が自分たちだけのものだって思い上がってるんじゃないの？　鋭太はね、君たちの奴隷じゃない。僕の――たったひとりの親友なんだよ」

その言葉に、三人は黙り込んだ。反論できないというより、カオルの見せた冷たい凄《すご》みに黙らされたのだ。

カオルは俺の右腕をつかんで引き寄せた。密着してくる。同じ男とは思えないほど、柔らかい体。そして、髪から漂う甘い香り――。

カオルの声が部室に響く。

「今まで僕は、君たちを見守ってきた。外部の人間では、僕が一番『乙女の会』の近くにいたと思う。一番近くで、君たちを二年以上見てきた。そんな僕の正直な感想は――君たちは、鋭太の足かせでしかないってことだよ」

千和はぎゅっと唇を引き結んだ。そして、そのまま動かなくなった。千和にとっても、カオルは中学時代からの知り合いだ。そんなカオルに、ここまできつい言葉を浴びせられるとは思わなかったのだろう。

ヒメはカオルと面識はない。俺の親友かつ真那《まな》の思い人ということで、存在は認知していただろうけれど、こうして直接話すのは初めてのはずだ。だからヒメは、ただただ驚き、目を見開いて、硬直するばかりだ。

そして、カオルとは小学校の時からの付き合いであるあーちゃんは、

「足かせって、何よそれ!!」

怒りを爆発《ばくはつ》させた。

「いくらカオルでも、言っていいことと悪いことがあるわよ!?　私たちだって、タッくんのことを思って言ってるんだから！」

「そうかなあ？」

カオルは低い声を出した。底意地の悪い声だ。長い付き合いの俺も、カオルにこんな声が出せたのかと驚くほど。

「鋭太のことを思うなら、放っておいてあげるのが正解でしょ。結局あーちゃんたちは、自分が納得できないっていう気持ちを鋭太にぶつけてるだけじゃないか」

ぐっ、とあーちゃんは言葉に詰まった。

「今まで、鋭太はずっと君たちの犠牲になってきたんだ。あーちゃんの提案に従って、ハーレムを作るって言い出したのもそうでしょう。誰も不幸せにしたくないっていう鋭太の優しさ。四股野郎《よんまたやろう》の汚名を着ても、たった四人の女の子を幸せにしたいっていうのが、鋭太の優しさだろう。なのに、君たちはそこに甘えて、甘えきって——」

カオルはいったん言葉を切り、千和、ヒメ、あーちゃんの順に顔を見回した。

「だからもう、君たちに鋭太は任せておけない。これからは、僕が鋭太に寄り添う」

俺《おれ》の腕をとって、歩き出した。

「帰ろう。鋭太」

「あ、ああ……」

「彼女たちにも頭を冷やす時間が必要だろう?」

やや強引《ごういん》な言葉と行動だが――カオルの言うことは間違ってないように思えた。

「千和。ヒメ。あーちゃん。俺のことを思ってくれるのは、本当に嬉《うれ》しい」

三人はうつむいたまま、返事をしない。

「俺は、周りからどんな風に言われたって構わない。ハーレムの時もそうだったし、今さら『遅刻野郎』って言われたところでどうってことない。だから――今度会う時は、元通りに、な」

千和たちの頭が冷えるまで。冷静に、これからのことを考えるために。

俺たちは、少し距離を取るべきかもしれない。

闇柱
遊井カオル
あそいかおる
修羅滅《しゅらめつ》の刃《やいば》

#13 鋭太の回想、あるいは独白、もしくは懺悔

　時間を、昨日の朝――推薦入試当日の朝に巻き戻そう。

◇

　九月十五日、午前六時二十八分。

　目覚ましが鳴る二分前に目を覚まして、ベッドから出る。

　軽く体操をしてから、顔を洗ってヒゲを剃《そ》る。鼻毛をチェックする。髪を整える。ねぐせがあったので、電子レンジで温めたタオルをあてた。これで完璧《かんぺき》。

　パンをトースターに放り込み、目玉焼きを作って、昨日作り置いたサラダと一緒にいただく。試験中眠くなっては敵《かな》わないので、軽めの朝食だ。

　制服に着替えたところで時計を見れば、六時五十五分。

　頃合《ころあ》いだ。

　玄関から出れば、待ち受けていたのは穏やかな晴天。空気がとても爽《さわ》やかだ。まだまだ気温は高いけど、秋の気配を感じさせる気持ちの良い風が吹いている。

　大丈夫。異常なし――。

　世界がそう言ってくれているかのようだ。

「行くか」

ひとりつぶやいて、俺は玄関を後にした。

神通《じんずう》大学の最寄り駅には、電車でおよそ十五分ほど。そこから徒歩七、八分程度の道のりである。下見は何度もしてるから、道に迷うこともない。試験開始の一時間前、午前八時には到着するだろう。

日曜日の朝だからか、駅への道を歩いている人はまばらだった。大通りを走るクルマものんびりで、時間がゆっくり流れているような気がする。

幅の広い歩道を歩いていると、前方に見覚えのある後ろ姿があった。

ツヤツヤした髪。ピンクのTシャツにショートパンツ。小学校四年生くらいの女の子だ。パンダの顔がプリントされたエコバッグを手にぶらさげている。

「ハルカちゃん！」

声をかけると、彼女はひょこっと振り向いた。

「お兄ちゃん、おはよう！」

「おはよう。どこかおでかけ？」

「ママにお使い頼まれて、コンビニまで」

「じゃあ、そこまで一緒に行くか」

二人でのんびり歩いた。

「どうして日曜なのに制服着てるの？」

「実はこれから、テストがあるんだ。お医者さんになるための、大事なテストだ」

「ハルカ知ってる！　それってコッカシケンってやつでしょ？」

俺は声をあげて笑った。

「まぁ、大事なテストには違いないかな」

「がんばってね！　ハルカを助手にする約束、忘れないでね！」

手を振り合って、曲がり角で別れた。まったく気持ちの良い子である。テスト前に元気を注入してもらえた。

駅まであと少しというところで、その気持ちの良さに曇《くも》りが生まれた。

向かう先の十字路から、赤い4トントラックが右折してこちらに向かってきたのだ。

赤いトラック。

千和《ちわ》が事故に遭《あ》ったのと、同じ色のトラックだ。

千和にとっては、長らくトラウマだったという。赤いトラックを街で見かけるだけで、足がすくんでいた時期もあった。だから俺まで、見ると不吉なものを感じるようになったのだ。

視線を逸《そ》らして、見ないようにした。

ガーッという走行音を立てながら、左隣の車道を行き過ぎていく。

「……？」

かすかな違和感があった。

赤い車体が奇妙に揺れていたように感じる。ふらふらして、まっすぐ走っていない。そんな風に感じたのだ。

──まぁ、いい。

関係ない。

これから大事な試験に臨《のぞ》もうって時に、よそ事なんか考えてちゃいけない。不吉な思い出なんか吹っ切って、会場に向かおう。

駅への改札に続く階段の一段目に足をかけた、その時だった。

地響きが伝わり、足が軽く浮いた。浮いた、ように感じた。続いて悲鳴のようなものが聞こえた。いくつも重なって聞こえた。

コンビニの方角だ。

冷や汗が出て、鼓動が飛び跳ねる。

二段目を上ろうとする足が、タイルに貼《は》りついたように動かなくなった。何してる、早く会場に向かわなきゃ。そんな風に思うのに、一向に動かない。鼓動はさらに速くなり、俺をせき立てる。得体の知れない焦燥感に心臓を掴《つか》まれているかのようだ。

気がつけば、駆け出していた。

来た道を引き返し、ハルカちゃんと別れた曲がり角を折れた。

「……‼」

そこには、地獄が広がっていた。

コンビニ脇《わき》の歩道に何人もの人が横たわっていた。全員ぐったりとして動かない。アスファルトにガラスの破片と赤黒いものが飛び散っている。その先には、コンビニのガラスドアに車体を突っこんで停まる赤いトラックがあった。

「大丈夫ですか‼」

一番近くに倒れていた女性に声をかけた。隣では、小さな男の子がわんわん泣いていた。膝《ひざ》をすりむいているくらいで、彼は無事だ。おそらく母親が守ってくれたのだろう。

「動かしちゃだめだ‼」

男の子を母親から離してから、もう一度呼びかけた。「大丈夫ですか！」。青ざめた顔色の女性が、ゆっくりと頷《うなず》いた。右上腕部からの出血が酷《ひど》い。ベージュのブラウスが真《ま》っ赤《か》に染まっている。

腕の付け根あたりを親指で圧迫して止血する。

「大丈夫大丈夫！　すぐに救急車来ますから‼」

励ますように言ってから、自分で気づいた。そう。救急車だ。スマホを取り出してタップした。画面にべったり、血がついた。気づかないうちに触れていたのだ。

対応したオペレーターに住所を早口で伝えた。連絡先として俺の電話番号も教えた。電話を切って改めて周囲を見回すと、野次馬《やじうま》が集まってきていた。倒れている人々を遠巻きに見つめるように、輪を作っている。

「そこのあなた!!」

一番近くにいた茶髪のコンビニ店員に向かって怒鳴った。

「あなたも協力してください！」

「い、いや、でもオレ、どうしたらいいのか」

茶髪の兄ちゃんはうろたえていた。チノパンの膝ががくがく震えている。

「声かけるだけでいいんだ！　大丈夫ですよって呼びかけるだけでいいから！　あと、店にＡＥＤは!?」

ある、と答えたのは、店から出てきた中年男性だった。

「持ってきてください！」

「や、やりかたがわからないんだが」

「僕がやりますから！　お願いします！」

このやり取りを見ていた野次馬から、何人か協力者が出てきた。倒れている人に近づいて大声で呼びかけてくれている。救急車が来るまでおそらく六分か七分というところ。

――試験は？

血のついたスマホを見れば、午前七時二十一分。もう、乗る予定だった電車はすぎた。遅刻？　いや、まだ間に合う。試験開始は九時。ここから約一時間の道のり。余裕を持った到着はもう無理だけど、間に合うは間に合う。大丈夫。間に合う。

「交通整理、お願いします!!」

野次馬に向かって怒鳴った。何人かが頷いて、現場を通るクルマの整理をしてくれたり、歩道に倒れたままの自転車を除けてくれたりした。

その時、スマホが鳴った。救急隊員からの着信だった。

『通報してくださった方ですね？』

「はい、そうです」

『状況を教えてください』

「五人ほど歩道に倒れています。出血してる人もいます。止血はできたと思うんですが自信ないです。早く来てください！」

やや間があった。

『あなたは、医療関係者ですか？』

「違います。でも、消防署で救命講習を受けたことはあります」

通報者は救命講習の経験あり、という声が向こうで聞こえた。

『了解です。あと五分ほどで到着しますので、経過観察をお願いします』

「わかりました！」

通話を切る時、また時刻が目に入った。七時二十五分。

「おうい、こっち!!」

白髪の男性が、俺に向かって手を振っている。駆け寄ると、地面に見覚えのあるバッグが転がっていた。可愛《かわい》いパンダの顔に、くっきりタイヤの跡がついている。

「この子、意識がないんだ！　目を覚まさない！」

ハルカちゃんが仰向《あおむ》けに倒れていた。

真《ま》っ青《さお》な顔をしている。一見して人形のように見えたほどだ。

「……嘘《うそ》だろ……」

さっき別れた時は、あんなに元気だったのに。辛《つら》いリハビリを乗り越えて、あんなに元気になったのに。千和と同じで元気になったのに。

しばらく呆然《ぼうぜん》としていた。

我に返って、やるべきことを思い出した。

見たところ、出血はない。

顎《あご》をつまんで持ち上げて、気道を確保して呼吸の確認。十秒間、胸が上下してるかどうか観察する。ダメだ、動いてない。呼吸なし。それなら、まず胸骨《きょうこつ》圧迫。そう習ったじゃないか。

「胸骨圧迫、始めます！」

宣言してから、ピンクのTシャツの胸に両手を当てた。薄い胸だった。細いあばらの感触が手のひらに伝わってくる。力を入れすぎたら折ってしまいそうで怖い。このへん？　いや、このへんか。中三の夏に受けた講習の記憶を必死に呼び起こしながら、慎重に場所を定める。

圧迫開始。

「いち、にっ、さんっ、しっ、ごっ、ろっく、しっち、はっち、くぅ、じゅう！」

きつい。

こんなにきついのか。

一分間に百回、胸を圧迫しなくてはならないって習った。こんなにきついのか。くそ。めまいがする。汗が目に入る。きつい。心臓が、口から、飛び出そう。

だめだ。

くじけるな。

ハルカちゃんを、千和と同じ目に遭わせてはならない。

あんなこと、二度と繰り返してはならない。

救うんだ。

俺が救うんだ。

ヒーローになるんだよ、季堂鋭太《きどうえいた》。

妄想でも中2病でもない。暁の聖竜騎士《バーニング・ファイティング・ファイター》でもない。

本物のヒーローになるチャンスだろうがッッ!!

「じゅういち！　じゅうにっ、じゅうさんっ、じゅうしっ、じゅうごぉ！」

つらい。

つらいよ。

誰《だれ》か代わってくれよ。

俺、こんなことしてる場合じゃないんだ。人生で一番、大事な日なんだ。二年半、この日のためだけに必死にガリ勉してきた。英単語。公式。論述テーマ。面接のマナー。

畜生。

畜生、ちくしょう。

どんどん、零《こぼ》れ落ちていく。せっかく覚えた知識が、成果が、汗と涙が、俺の手から零れ落ちていく。何もかも、泡のように消えていく。ちくしょう。

「だめだ、目を覚まさない」

泣き出しそうな声が、隣から聞こえた。さっきの白髪男性が地面にへたりこんでいる。くそ、黙れ。そんなこと言うな。助かる。助かるんだよ。ハルカちゃん。きっと、助かる――。

「救急車ァ！　まだ来ないのかァ!!」

誰かが怒鳴った。その声に、別の誰かが答えた。

「駅で人身事故があって、踏《ふ》み切りが下りたままらしい。それで、遅れているのかも」

なんだよ、それ。

じゃあ、あてにできないじゃないか。

どうしていつもこうなんだよ！　運命ってやつは‼

千和の時だってそうだ。俺は何もできなかった。毎日、お見舞いに行くしかできなくて。

地獄みたいなリハビリで泣いている千和のこと、ただ、見ているしかできなくて。そんなのってないだろ。そんなのって……。

「いや」

違う。

運命は自分でなんとかするもんだ。

自分の手で切り拓《ひら》くもんだ。

もう俺はあの時の俺じゃない。

中学三年生の俺じゃないんだ。


――人間は成長するんだッ！　いや！　してみせるッ‼

そうだよな、真涼《ますず》!!

「だれ、かっ!!」

胸骨圧迫を続けながら叫んだ。

「この女の子を病院に運ぶの、協力してください！　この子を運べる大きいクルマを持ってるかた!!　いませんかぁ!!」

若い女性が名乗りをあげた。大きな銀色のワゴンの持ち主だった。大人二人に手伝ってもらって、頭を揺らさないように注意しながら、後部座席に乗せた。店員が渡してくれたＡＥＤも一緒に積み込む。

「もがみ整形外科医院まで、お願いします!!　赤信号でもクラクション鳴らしながら突っ走って！」

緊張した顔で頷くと、女性は車を急発進させた。

ここからなら、クルマで急げば十分かからないはず。あの先生なら、きっと治せる。誰よりも信頼できる。以前、千和を治せなかったヤブ医者と呼んでいたアフロのことを、今は心の底から信頼している。

走り始めた車のなかで、ひたすら胸骨圧迫を続ける。もう、遅刻は決定だ。そんな気持ちが頭をよぎる。遅刻しても試験は受けられるのか？　それで受かるのか？　ああ。もう駄目だ。いや、駄目じゃない。救うんだ。ともかく、救うんだ。俺が。

「すぐに着くからな！　頑張れ、ハルカちゃん!!」

大丈夫。助かる。

運命は変わる。

努力はかならず報《むく》われる。

助かる。

助かるんだ。

「ご、ほっ、ごほっ!!」

ハルカちゃんがいきなり咳《せ》き込《こ》んだ。唾《つば》が俺の頬《ほお》まで飛んでくる。思わず手を止め、目を瞠《みは》った。薄い胸がゆっくりと上下している。呼吸が戻ったのだ。

「がんばれ！　がんばって！　息吸え!!　どんどん吸えっっ!!」

やった。

やったぞ。

助かる。

助かるんだ。千和。

助かる。

千和。

ごめんな。

俺《おれ》たちの約束、破って――。

#14 春夏秋冬、真相を知る

季堂鋭太《きどうえいた》の受験失敗から、およそ一週間後の金曜――。

春咲千和《はるさきちわ》は昼で学校を早退し、もがみ整形外科医院を訪れていた。三年前に怪我《けが》した腰と足の定期健診を受けるためだ。去年までは一ヶ月に一度だったが、今年に入ってからは三ヶ月に一度でいいと言われている。それほど、千和の身体は回復しているのだ。

千和はこの医院と、先生が好きだった。

辛《つら》いリハビリの思い出はあるが、決して不快な場所ではない。入院中は先生の髪がどのくらい爆発《ばくはつ》しているかで明日の運勢を占うのが日課だったりした。退院してからも、訪れて話をしつつ爆発の観測を楽しみにしていた。

だけど、今日は足が重い。

誰《だれ》かと朗《ほが》らかに話をするには、千和の心は曇《くも》りすぎていた。

「やあ、千和くん！　ひさしぶりだね！」

診察室でもアフロを爆発させている最上諭吉《もがみゆきち》氏は、三ヶ月前と同じ笑顔で千和を出迎えた。

「どう？　特に変わりはないかい？」

「はい。おかげさまで」

「そうかそうか。ＣＴにも異状はなかったよ。まったくたいしたもんだよ、十代の回復力っていうのは」

わははは、と大声で笑う諭吉氏に、千和は強張った笑《え》みで応《こた》えた。

「――どうしたね？　君にしては珍しく元気ないじゃないか。何か悩み事かい？」

「はい。ちょっと……」

「言いにくいことなら、無理にとは言わないよ。若者には秘密があって然《しか》るべきだからね。マイスイーテストゆらちゃんも、最近はなかなか私に心を開いてくれなくってさあ」

父親の愚痴《ぐち》を聞きながら、千和は躊躇《ためら》った。この悩みを口にするべきか迷った。鋭太にとっては隠しておきたい失態のはずで、それを広めてしまって良いものかどうか、迷ったのだ。

「あのね、先生。実は……」

結局、話すことにした。

千和と鋭太、共通の知り合いであり、共通の恩師と言うべき諭吉氏に、話を聞いてもらいたかったのだ。

先週の出来事を話していくと、諭吉氏の顔はどんどん強張っていった。こんな反応は予想していなかったので、千和のほうが面食らってしまった。

「そうか。季堂くんが……。なるほど……」

重々しいため息とともに、諭吉氏は何度も首を振っている。ショックを受けているようだった。諭吉氏も、それだけ鋭太に目をかけていたということなのだろうけれど――それだけではない何かを、千和は感じ取った。何度も咳払《せきばら》いしながら、上目遣《うわめづか》いに、千和の表情を窺《うかが》ってるように感じる。これは、言いにくいことを言い出す時の氏のクセだ。三年間ここに通っている千和は、諭吉氏のそういう仕草を何度か目にしていた。

「先生、何か知ってるんですか？　えーくんのこと」

諭吉氏ははっとして目を伏せた。

「うむ……いや、……その」

珍しく歯切れが悪い。エヘンエヘンと何度も咳払いをして、言うのを渋っている。

「話してください!!　先生っ！　あたしも話したじゃないですか！」

むむう、と諭吉氏は唸《うな》った。

腕組みをしたまま目を閉じ、しばらく天井《てんじょう》を仰《あお》いでいたが、やがて「うん」とひとつ頷《うなず》いた。

「やっぱり、君には話しておくべきだろう。私は季堂くんに恨まれるかもしれないが、しかたない」

諭吉氏は静かに語り始めた。

「日曜の朝八時頃《ごろ》、うちに急患が運び込まれた。小学生の女の子が、交通事故に遭《あ》ったんだ。居眠り運転のトラックがコンビニに突っこんだ、その事故に巻き込まれた」

「――――」

その事故のニュースは、千和もテレビで見た。途中で電話がかかってきて最後まで見られなかったが、ちらっと聞こえたアナウンサーの声が、近所のコンビニの店名を告げていた。

「偶然その場に居合わせた季堂くんは、現場で応急処置を行った。その女の子に胸骨圧迫と人工呼吸を行って、ＡＥＤも適切に使用した。私は現場を見たわけじゃないが、その手際《てぎわ》の見事さは処置をしたからわかる。もし、現場に季堂くんがいなかったらと思うとゾッとするよ。彼女は助からなかったかもしれない。あるいは、君のように、後遺症が残ってしまったかも」

諭吉氏の声が、遠くから聞こえていた。明るい診察室が薄暗く感じる。指先がしびれ、ひどく冷たかった。

「運び込まれた後も、季堂くんはずっと彼女の手を握って声をかけ続けた。『大丈夫』『助かる』『心配ないぞ』。熱心に、力強く声をかけ続けた。励まし続けた。医者の立場ながら、目頭《めがしら》が熱くなったよ。言ってしまえば通りがかっただけの彼が、赤の他人に、ここまで親身なことができるだろうか？」

「……えーくん、だから……。えーくん、なら……すると思います」

ツンとする鼻をすすって、千和はようやくそれだけを言った。

諭吉氏は大きく頷いて、また語り始めた。

「女の子の保護者も駆けつけてくれて、もう大丈夫だとなった時、季堂くんは何も言わずに病院を飛び出して行ってしまったんだ。お礼をしたいという保護者の言うことも聞かずに、風のように病院を駆け出て行った。いやあ、本当にかっこいい。まったく、絵に描いたようなヒーローだ。正直、私は彼に憧《あこが》れたよ。——その時は、ね」

諭吉氏は大きく肩を落とした。

「その日の夜だ。夕食の時、家族にその話をしたところ、ゆらちゃんの顔色が変わったんだ。本当に、珍しく、血相を変えてね。『お父さんの馬鹿《ばか》!!』と怒鳴られたよ。信じられるかい？あのゆらちゃんが、カラオケ以外で大声を出したんだ。目を丸くする私に、ゆらちゃんは教えてくれた。その日は、彼が二年間ずっとずっと頑張ってきた、やっとの思いで摑《つか》んだ、大切な入試の日だっていうことをね……」

盛大なアフロが、この時ばかりは萎《しお》れて見えた。

「命を預る医者として、言ってはいけないことだが。本当は言ってはいけないことだが」

「………」

「何故《なぜ》、彼は、人命救助してしまったんだ。ヒーローになってしまったんだ。他の大多数は『自分以外の誰かがやるだろう』と思って、手を出さないだろうに。何故、彼は助けてしまったんだ。そう思わずにはいられなかったよ……」

そこで諭吉氏は言葉を切り、うつむいて、目頭を揉《も》み込む仕草をした。

「君に話すのを渋ったのはね、なんだか状況が、君の事故の時と重なったからだよ」

千和は力なく頷いた。目の奥がじんじんと熱い。舌が泥になってしまったかのように上手《うま》く動かせない。

「なんとなくだけど、彼はこのことを君には知られたくなかったんじゃないかな。そんな気がする」

「……はい」

ようやく千和は声を絞り出した。

「でも、知れて良かったです。知らなかったら、あたし、ずっと後悔したと思います」

そうか、と諭吉氏は言った。

「あたし、このことを学校のみんなに話します」

「……そういうことは、彼は望んでいないと思うが」

「だってえーくん、周りから『裏切り者』呼ばわりされてるんです。みんなの期待を裏切ったやつって言われてるんです。あたしそんなの我慢できない！　えーくんは女の子を助けた。自分の受験より、人助けを選んだ。先生の言う通り、ヒーローじゃないですか。それを、みんなに伝えないと――えーくんが可哀想《かわいそう》すぎるよおっ！」

最後は叫んでいた。

諭吉氏はそんな千和を咎《とが》めなかった。

ただ無言で、何度も頷いていた。

◆

帰り際――。

ふと気になって、千和は尋ねた。

「えーくんって、応急処置なんてできたんですね。先生が教えたんですか？」

諭吉氏は首を振った。

「中三の夏休みに、自分で近所の消防署に申し込んで救命講習を受けたんだそうだ。救命技能認定証も持っていて、いつも財布に入れて持ち歩いてると言っていた」

中三の夏休み。

それが意味するところは、ひとつしかない。

千和が交通事故に遭った、その直後である。

◆

千和は病院を出ると、その足で再び学校に向かった。

今から戻っても授業には間に合わない。このまま家に帰る予定だったが、どうしても、今日中に話しておきたいと思ったのだ。

帰宅途中でメールを打ち、乙女《おとめ》の会の三人と連絡を取った。

あの日以来、人が途絶えがちになっていた部室に、真涼《ますず》と姫香《ひめか》と愛衣《あい》を呼び集めたのだった。


「なんですか？　いきなり呼び出したりして」


部室に来た真涼は、露骨に迷惑そうな顔をしていた。ここのところ忙しく、ほとんど学校に来ていない。早く帰って仕事したい、と顔に書いてある。

姫香と愛衣は不満を口にしなかったが、千和の表情に漂うただならぬ気配を察したのか、じっと黙って座っている。

三人の仲間たちを見渡して、千和は話し始めた。

「あたし、今日病院行ってきたんだけど、そこで――」

話が進むにつれて、真涼の表情は平坦《へいたん》になっていった。氷の仮面を被っているかのように、無感動に千和の話を聞いていた。実は時折、かすかに息を呑《の》んだり、視線を泳がせたりしているのだが、話している千和はそこまでは気づけなかった。

そんな真涼に比べて、姫香と愛衣の反応は劇的だった。

姫香は目に涙をいっぱいにためながら話を聞いていた。女の子を助けたくだりで、ついに決壊した。涙が頬《ほお》を滝のように流れ、止まらなくなった。

「エイっ、タがっ、かわいそうっ」

しゃくりあげながら、それだけを言った。

愛衣の目にも涙があった。だが、そこは風紀委員長。泣きじゃくって言葉を失ったりはしなかった。敢然《かんぜん》と立ち上がり、熱弁をふるった。

「全校生徒に話すべきよ！　タッくんの遅刻は寝坊なんかじゃない、ちゃんと理由があったんだって。こんな美談が裏にあったんだって知ったら、先生方だって考えを改めるはずだわ！　もちろん、生徒のみんなだって！」

千和は大きく頷いた。もとより、それを相談するために呼び集めたのだ。

「どうやって伝える？」

「来週の生徒集会で話すわ。私が壇上に立って……いえ、それより新生徒会長に話してもらったほうが効果的かしら。うん、そのほうがいいわね。私や千和が話したら、またハーレム云々《うんぬん》みたいに言われるから」

賛成、と姫香がつぶやいた。

千和にももちろん、異論はない。

「あたしも、知ってる限りの人に話すつもり。良いことをしたえーくんが、こんな風にみんなに誤解されたままなんて我慢できない！　寝坊なんかじゃない、お医者さんの鑑《かがみ》みたいな理由で遅れたんだって、みんなに話すから！」

「わたしも！」

「もちろん、私だって！」

三人は顔を見合わせ、頷き合った。同じ想《おも》いがそこにはあった。鋭太を想う少女三人の気持ちが、一致したのだ。

だが——。

「やめておきなさい」

冷たい声だった。

じっと話を聞くばかりだった真涼が、まっすぐに背筋を伸ばして、静かに言った。

沈黙が数秒、流れた。

真涼の瞳《ひとみ》に視線を固定したまま、千和が聞いた。

「なんで？」

「鋭太が望んでいないから」

真涼の回答は簡潔だった。

「どうして？　えーくんがそう言ってたの？」

「いいえ」

「じゃあ、わかんないじゃん」

「鋭太が自分で言わないということは、そういうことでしょう」

千和は激しく首を振った。

「それは、えーくんが自分に厳しいからだよ！　遅刻は遅刻だからって、言い訳しないんだって、決めてるからだよ」

「だったら、その鋭太の意志を尊重すべきでしょう」

真涼の声はあくまで冷たかった。

千和は鋭く真涼を見つめた——いや、にらみつけた。

「夏川《なつかわ》は、平気なの？　えーくんがみんなから酷いこと言われて。裏切り者みたいな目で見られてても、平気なの？」

「それを、鋭太が望んだのなら」

真涼も千和をにらみつけた。

「だいいち、遅刻の理由を明かしたところでどうなるというの？　推薦入試をやり直すなんてことにはならないのよ。どんな理由があろうと、遅刻は遅刻。違う？」

千和は唇を噛《か》んでうつむいた。

代わって愛衣が言った。

「で、でも、タッくんの立場はずいぶん変わると思うわ。同じ遅刻でも、寝坊と人命救助じゃ心証に天地の違いがあるわよ」

「今さら心証を良くしてどうするんです？　今さらどんな優等生を演じようと、推薦はもらえないのよ。鋭太に残された道は、一般入試を実力で突破すること。それしかないでしょう？」

反撃の言葉が思いつかず、愛衣もうつむいてしまった。

姫香もまつげを伏せたまま、真涼と視線を合わせようとしない。

そんな三人を見回して、真涼は言った。

「良かったじゃないですか」

マネキンに声帯があれば、きっとこんな声を出すのだろう。

そんな無機質で温度のない声に、思わず千和たちは顔をあげた。途方に暮れたように、その声の主を見つめた。

「……え？」

ようやく千和は声を絞り出した。

「え、なに？　なんて言ったの、夏川」

「良かったじゃないですか」

淡々と、言葉が紡《つむ》がれる。

「トラックにはねられた女の子を助けるなんて、英雄ですよ。鋭太が憧れていた漫画やアニメのヒーロー、そのものじゃないですか。本当に良かったですね。中2病患者の妄想なんかじゃない、本物の英雄です。鋭太はきっと、幸せだと思いますよ」

千和は三度瞬《またた》きをして、入学以来抗争を続けてきた「彼女」の顔を見つめた。

「ほんきでいってるの」

その声は熱雷《ねつらい》を孕《はら》んでいた。隣に座る姫香が肩を震わせるほどの迫力に満ち満ちていた。

対する真涼は淡々としている。

「ええ、本気ですとも」

「――――」

熱い視線と冷たい視線が、机を挟《はさ》んで激しくぶつかり合う。

愛衣があわてて立ち上がった。

「あなたたちがケンカしてどうなるっていうのよ⁉　頭を冷やしなさいって！　ねえっ！」

二人はにらみ合うのをやめない。互いの目には互いしか映っていない。愛衣の言葉は届かなかった。

「あたし、やっぱり話す」

「…………」

「今すぐ、話してくる。まだ一組にも何人か残ってるはずだもん。えーくんは裏切り者なんかじゃないって、話してくる」

千和は席を立ち、部室を出て行こうとした。

だが、その千和の手を真涼が摑んだ。非力な彼女にしては驚くほど強い力で、千和は顔をしかめてしまった。

「許さないわ」

「は？」

「許さないって言ってるのよ。みんなに話すのは」

千和は真涼の手を振りほどいた。

真涼が立ち上がり、再びその手を摑む。

千和がまた振りほどく。

また、真涼が摑む。

「どうして夏川は平気なのよ⁉」

叫びが叩《たた》きつけられた。

「えーくんが、こんな目に遭ってるのにどうして平気なの⁉　あたしは我慢できない！　理解できないよ、こんなのっ‼」

「理解できない、ですって？」

その瞬間、真涼の顔が大きく歪《ゆが》んだ。地面がひびわれマグマが噴き出したかのように、激しく変化した。

後に姫香は、この時の様子を、真那《まな》にこう語っている。

『会長のあんな顔、初めて見た』。

『会長でも、あんな顔するんだって、思った』。

あんな顔ってどんな顔、と聞き返され、姫香は言った。

『とても大切なものが、壊れてしまった顔』。

ばしん、という音が響いた。

千和の顔が斜《なな》めに傾《かし》いでいた。頬が手のひらの形に赤く染まっている。

「どうしてわからないのよ」

真涼の声はもう、マネキンの声ではなかった。怒りという感情に満ちていた。

「世界であなただけは、わからなきゃいけないことでしょう。鋭太の気持ちを理解していな

きゃいけないはずでしょう？　それをみんなに話すだとか、鋭太が可哀想だとか――どこまで愚《おろ》かなのよ、幼なじみのくせに!!」

呆然《ぼうぜん》としていた千和の表情に、怒りが生まれた。


ばちーん、という音がした。


真涼がしたのと倍の力で、やり返したのだ。

「わかんないからわかんないって言ってるのよ！　あんたのほうがよっっっっっっっっぽど！　わかんないわよ！　えーくんのこと好きなんでしょ？　本当は好きなんでしょ!?　なのにどうして、えーくんがこんな目に遭って平気でいられるのよ!!　仮にも彼女だったくせに！」

ぶたれた頬を押さえながら、真涼は千和をにらみつけた。

「今、ようやくわかったわ。あなたは呪《のろ》いよ、春咲さん」

「呪い？」

「そう。呪い。幼なじみという呪い。鋭太をいつまでも過去に縛りつけている呪いの権化《ごんげ》よ。それを自覚したらどうなの!!」

その瞬間、千和は棒立ちになった。ハンマーで頭を殴られたように、動かなくなった。呪い。その言葉が、耳の奥で響いている。

真涼の平手が、再び頬を襲った。さっきよりさらに痛烈だった。それで千和は我に返った。目の前の恋仇《こいがたき》への怒りを取り戻し、またも一発やり返した。

「何が呪いよ！　偽彼女よりマシだよ！」

「ええそうよ、偽物《にせもの》よ私は！」

「ならエラそうなこと言うなっ！　わかったようなこと言うな！」

「そのつもりだったわよ！　本物がこんな馬鹿で愚かじゃなければね‼」

「いいかげんにしなさいよっ！」

愛衣が叫んだ。揉《も》み合《あ》う二人の間に割り込んで、いつ果てるとも知れない応酬を、身を挺《てい》して止めた。とばっちりで、二人のビンタが彼女の頬に赤い痕《あと》をつけた。

「いいかげんにしなさいって言ってるでしょうがっっっ‼」

壁が揺れるような声を愛衣は出した。足を踏《ふ》み下ろし、床を揺らした。これもまた、後に姫香が真那に語っている。『マスターが本当の本当にキレたところ、初めて見た』。

「本当にいつもいつもいつも、あなたたちが勝手にキレるから私が苦労するのよ‼　私のほうがよっぽどキレたいわよ！　タッくんのこと助けたいって、私が一番思ってるわよ‼　なのに二人とも、自分だけがタッくんのことわかってるって顔してほんっっっとありえない！　あーーーーーーーーーーーーりえーーーーーーーーなーーーーーーーーーいっっ‼」

ふーっ、ふーっ。

ふううう、ふううう。

はーっ、はーっ。

三者三様、荒い吐息が混じり合う。

そんな中、姫香は泣いていた。ただうつむいて、静かに涙を流していた。

真涼は携帯を取り出すと、取り付けられていたストラップの紐《ひも》を引きちぎって机に置いた。

「これ、返すわ」

それは一年生の夏合宿の時、部員全員で身につけようということで配った思い出のアクセサリーだった。

「あたしも、返すよ」

千和がポケットから取り出したのは、扇子だった。二年生の夏、東京《とうきょう》旅行の時、真涼が土産《みやげ》として部員全員に配った品だった。

机に叩きつけるようにして扇子を置くと、千和は歩き出した。

「ともかく、話すから」

「もう勝手にしなさい」

投げ捨てるように真涼は言った。

「喧嘩《けんか》したり仲直りしたり、忙しい私たちだったけれど——結局あなたと私はこうなる運命だったのね」

千和はそれに答えず、振り向かないまま、愛衣に言った。

「愛衣。やっぱりハーレムなんて無理だよ」

「……」

「夏川がいる限り、あたしはハーレムなんて無理。みんなで仲良くなんて無理」

扉が閉まる。

荒々しい足音が遠ざかっていく。

残された三人は、誰《だれ》ひとり、追おうとはしなかった。

#15 カオリと亮爾

とある平日の、夜七時過ぎのことである。

夏川亮爾《なつかわりょうじ》は人を待っていた。

羽根《はね》ノ山《やま》一の高級ホテル、その最上階にある会議室にて、たった一人で交渉相手を待っている。夏川グループ総帥《そうすい》ともあろう者が、秘書や部下のひとりも連れずに商談に臨《のぞ》むなど極《きわ》めて珍しい。だが、先方たっての願いとあれば、聞き入れないわけにはいかなかった。たとえそれが、理解しがたい非合理な理由だとしても――。

香羽《こうば》商事。

それが、今日の商談相手である。

羽根ノ山市でもっとも古い業者ではあるが、企業規模は大きくない。日本でも上位に入る夏川グループとは比べるべくもない。だが、この羽根ノ山市で事業を展開しようとするならば、香羽商事は避けては通れない相手だ。

――まったく、厄介《やっかい》だよ。地主というやつは。

先祖から多くの土地を受け継いでいるというだけで、でかい顔をするのだからたまらない。香羽商事の創業者一族である遊井《あそい》家は、その典型だ。

己《おのれ》の才覚でビジネスをしていると自負する亮爾としては、いけすかない相手である。しかし、彼が進めている一大リゾート計画を実現させるには、どうしても、遊井家が所有している土地を手に入れる必要があった。

別にだましとろうというわけではない。

先方にとっても良い話だと、亮爾は思っている。

ほとんど手つかずの野山を、破格の値で買い取ろうというのだ。夏川グループ以上の好条件を出す企業など、絶対ないと言い切れる。

ところが、遊井家は頑《かたく》なに首を縦に振らない。

これまでの交渉は、すべて不調に終わっていた。

もう三年以上、膠着《こうちゃく》状態が続いている。頑迷《がんめい》だった先代当主・香士郎《こうしろう》が二年前に亡くなった時、事態は好転すると思ったのだが、現当主の香太郎《こうたろう》も結局は先代の意向を受け継ぎ、首を縦に振らない。豪毅《ごうき》そのものだった香士郎と異なり、香太郎は気弱で臆病《おくびょう》な男だ。しかし、いや、だからこそ、先代の決めた規範《ルール》を守って譲《ゆず》らないのである。

占いがどうの、言い伝えがこうの。

先方が繰り出すのは、いつもそういう話だった。

亮爾の姓名判断を行って、この名前は陰数が多くてうんたらかんたら、だから売れない、どうたらこうたら。まったく非合理極まりない。そんな理由で一大ビジネスが頓挫《とんざ》するなんて、亮爾には理解しがたい、許しがたいことだ。

――まったく。今回は、どんな理由をこじつけてくるのやら。

真涼のことだけでも頭が痛いというのに。まったく、人の世に悩みの種はつきないようだ。

その時、会議室のドアが開いた。

亮爾はすぐさま、不機嫌をポケットの中にしまいこんで、商談用のにこやかな微笑を取り出した。見事な変わり身、見事な演技。このあたり、やはり夏川真涼の父親である。

ところが、その微笑はすぐに凍りついてしまった。

現れたのは、遊井香太郎ではなかったからである。

「はじめまして」

綺麗《きれい》な声でそう挨拶《あいさつ》したのは、うら若き少女であった。

おそらくまだ高校生、真涼と同じくらいの年頃《としごろ》だろう。清潔感のある柔らかいショートカットに、中性的で整った美貌《びぼう》の所有者である。純白のワンピース姿でなければ、少年と見間違えたかもしれない。

ぽかんとしている亮爾に、彼女は名乗った。

「香士郎の孫で、香太郎の娘の、遊井カオリと申します」

「カオリ？」

聞き覚えのある名前に、亮爾は探るような目つきになる。

「遊井カオルという名前をご存じですか？　真涼さんのクラスメイトなのですが」

「ああ――」

昨年の夏、東京《とうきょう》で季堂鋭太《きどうえいた》を伴った真涼と話をした時のことだ。真那《まな》が入れあげている男の子の名前を聞いたことがある。それが、カオルだった。

「私はそのカオルの妹です。真那さんとも面識があります」

「それはそれは。娘二人が世話になっているね」

亮爾は落ち着きを取り戻し、目の前の少女を見つめた。

「それで？　お父上はいつ見えられるのかな？」

「父は参りません。私が代わりにお話を伺《うかが》いに来ました」

「……君が？　まさか」

「ご不満ですか？」

くすりと少女は笑った。

「別におかしなことではないでしょう？　真涼さんだって、高校生の身の上でプロデューサー業を立派にこなしているじゃありませんか」

「む……」

確かに若さは理由にはならない。亮爾とてまだ五十歳手前、実業界ではまだまだ若手と言われる年齢なのである。

「では、君を父上の名代《みょうだい》と見なして構わないということかな？」

「名代ではありません」

少女の目が、すぅっと細くなった。

「私の言葉を、次期遊井家当主の言葉として、お聞きください」

「……お父上はまだまだ引退するようなご年齢ではないと思うが？」

「いいえ。父はあくまで中継ぎ。私が成年すると同時に、当主となるよう定められています」

「それは、先代香士郎氏の遺志かね？」

「ええ。祖父が定めたルールです。幼少の頃より、そう言い聞かされてきました」

亮爾は低くうなった。

普通なら「そんな馬鹿《ばか》な」と笑って捨てるところだが、遊井家ならばありえる。これまでも様々な理不尽《りふじん》、不合理を押しつけられてきたのだ。

何より、この少女が放つ得体の知れない迫力ときたらどうだ？

女子高生だてらに、これほどの逸材が自分の娘以外にもいようとは――。

「お疑いでしたら、委任状をお目に掛けましょうか？」

「いや、いい」

バッグから書類を取り出した少女を、亮爾は制した。

「君の話に興味が出てきた。お互いにとって実のある話であると良いのだが」

「きっと、ご満足いただけると思いますよ」

少女は微笑《ほほえ》んだ。

美しく、可憐《かれん》だが、どこか妖《あや》しさを感じる笑《え》みだった。

「一石二鳥のご提案です。私とあなた、どちらの目的も達せられる妙案だと思いますよ」

◆

二十分ほど、少女の話を聞いた。

聞き終わった時、亮爾の心にはある種の満足と、それと等量の疑いとが生まれていた。

「なるほど……。確かに君の言う通りだ」

亮爾は鋭い目つきで少女を見つめた。

「再度確認しておくが、それは香太郎氏も納得ずみなのだね？」

少女は自信ありげに頷《うなず》いた。

「父は祖父と異なり、気弱なところがありますからね。僕が強く押せば、否《いな》とは言いませんよ。遊井家にとって、山のひとつやふたつ、たいしたものではありません」

「それは、そうだろうね」

頷《うなず》きながら、亮爾はかすかな違和感を覚えた。今、少女は「僕」と言っただろうか？ わざわざ問《と》い質《ただ》すのも馬鹿馬鹿《ばかばか》しいことだが……。

「もうひとつ、聞いても良いかね？」

「どうぞ」

「私にとってはありがたい話だ。御社にとっても良い話だと信じている。……しかし、君個人にはどんなメリットがあるんだね？ 私にこんな話を持ちかける理由は？ そこがわからないのだが」

少女は硬い声で言った。

「これは〝罰〟なんですよ、あなたのお嬢さんに与える罰です」

「真涼が、君に何かしたのかね？」

「ええ。とても残酷なことを。――聞きたいですか？」

「……いや。やめておこう」

聞いても詮無《せんな》きことだと、思い直した。

真涼のこの国における人間関係など、もう、なんの意味も持たないのだから。

#16 鋭太と真涼のラストダンス

俺《おれ》に残された道は、一般入試で医学部に受かること。

そのためには、残り五ヶ月死にものぐるいで勉強しなくてはならない。

これまでも準備はしてきた。推薦に落ちた時のため、一般入試のための勉強はしてきた。してきた、のだが――正直、厳しい戦いになるだろう。春に受けた模試ではB判定。自分の感触では、合格率六割というところ。安全圏とはとても言えない。冴子《さえこ》さんへの経済的負担を考えたら、浪人なんて選択肢はありえない。多浪上等と言われる医学部合格を、一発で決めなければならないのだ。

というわけで、やることは勉強しかない。

その日は部室に行かず、放課後すぐに学校を出た。図書室で勉強することも考えたが、正直、今の学校には居づらい。市立図書館に行ったら、赤野《あかの》メイたちが先客にいた。すぐに踵《きびす》を返した。顔を合わせるのは気まずかった。

そういうわけで、結局俺が立てこもるのは家の部屋となり。

神通《じんずう》大学医学部の赤本を開いてしこしこ過去問を解いていると、メールの着信音が鳴った。

【差出人】田中好恵《たなかよしえ》
【件名】削除依頼
【本文】

私のこのアドレス、削除しておいてください。
よろしくお願い致します。

「…………」

色白エンジェルの手のひら返し、ハンパない。

わざわざこういうの送ってくるか？　医学部落ちただけでそこまで嫌われなきゃいけないのか？　なんで中学時代の俺はこんな女を好きになったんだ？　まあ顔が可愛《かわい》いからだけど。

俺からしてみればひどい裏切りに見えるのだが、彼女の視点からみれば俺のほうが裏切った、という感じなのだろう。「眼中にもなかった男が医学部行くっていうからコナかけてみたら、遅刻して不合格？　ありえなーい！　アタシの時間を返して！」みたいな。

そもそも、彼女とはろくにしゃべったこともない。

俺が勝手にひと目ぼれして、勝手に好きになっただけの話。一方通行の片思いだった。

彼女は俺のことなんか何も知らないだろう。

勝手に期待して。

勝手に裏切られる。

勝手に好きになって。

勝手に嫌われる。

一方通行こそ、我が人生ってわけだ……。

「いや、いかんいかん」

頭を振って気合いを入れ直す。

落ち込んでる場合じゃない。

俺がみんなの期待を裏切って、失望させたっていうのなら、その失望を裏切り返してやればいい。表から裏になった手のひらを、もう一度表にしてやればいい。ただそれだけのことだ。

さあ、頑張るぞ。

がんばるぞー。

……るぞー。

「…………」

だけど、まぁ。

まぁ、やっぱり。

……やっぱり、辛《つら》いは辛いなぁ……。

その時、玄関のチャイムが鳴った。

時刻は夕方五時すぎ。冴子さんは今日会社に泊まり込むと言ってたし、千和《ちわ》が飯を食いに来る時間には早すぎる。ならばおそらく、何かのセールスか勧誘だろう。

いつもなら居留守を決め込むところだが、今の俺は誰《だれ》かと話したい気分だった。誰でもいいから、話したい。そんな気分だったのだ。

玄関に出迎えると、そこに立っていたのは意外な人物だった。


「辛気《しんき》くさい顔をしてるわねえ。不幸が伝染《うつ》るわ」


開口一番、そう言い放ったのは夏川真涼《なつかわますず》。

私服姿で我が家にご登場である。

「いきなりどうしたんだよ、珍しい」

電話もメールもなしで直接家に来るのは、初めてじゃないか？

「たまにはこの兎小屋に降臨してあげないと、床や壁が可哀想《かわいそう》だと思って」

「なんで家の材木の心配してんだお前」

誰でもいいとは言ったが、よりにもよってこいつが来るとは……。

理由もなく人んちに来るようなやつじゃない。

何か魂胆《こんたん》があるのだろう。

——だけど、まぁ、それはいい。

真涼といつもの、他愛《たあい》のない応酬でもしていれば、落ちていた俺の気分も多少は紛《まぎ》れるっていうものだ。まさか真涼は、そのために来てくれたわけではないだろうけれど。

リビングに上げて、緑茶と茶菓子を出した。

対面のソファに座る真涼の顔を改めて見ると――。

「お前、その顔どうしたんだ？」

両側の頬《ほお》がなんだか赤く、腫《は》れているように見える。

真涼はすまして答えた。

「今度パチレモンのブランドで売り出すチークです。プロデューサー自らがモデルとなり、広報活動しなくては」

「あっ、そう……」

かすかに違和感を覚えたが、追及するのはよそう。その気力もわかないし、どうせはぐらかされる。

二人でのんびり、お茶を啜《すす》った。

「お前がうちに来るのって、何度目だっけ？　そんなに多いわけじゃないよな」

「一年の六月ごろに来たのが一度目。七月、部員全員で冴子氏とここで対面したのが二度目。八月、玄関先で会ったのが三度目。それから――」

そこで、ふっと真涼は口を噤《つぐ》んだ。何かを思いだし、それを押し隠すかのように、まつげを伏せた。

「――その、三度じゃないかしら」

「そうだな」

今の表情は気になるけど、俺の記憶とも違わない。

真涼が何かを言いに来たのはあきらかだったが、急《せ》かすつもりはなかった。むしろ、それまでの時間をゆっくりと楽しみたい。今の俺は、そんな気分だった。

「冴子さんの時はともかく、一度目と三度目は押しかけてきたんだよな。お前が。一方的に」

「あら、そうだった？」

「そうだよ。一度目は朝飯作ってやるとか言って、制服エプロンで家に上がり込んでてさ。そんで作ってくれたのがレトルトカレー。ほんと何考えてんだこいつって思ったよ」

「失礼な。あんなに愛情こめてレンジのボタンを押してあげたのに」

「お前の愛情は電磁波か何かか？」

思えば不思議なもんだ。

俺を無理やり偽彼氏《フェイク》に仕立て上げた女と、こんな風に安らげる時間が持てるなんて。

俺の弱みを握り、一方的な契約を結ばせた女。

「いつもお前は一方的だったよ。お前の行動や発言に、俺はいつも振り回されてた。お前に出会ってから二年と半年、ずっとそうだった」

「そうね。そんな感じね」

「悪びれないんだ」

「当たり前でしょう」

湯呑《ゆの》みをテーブルに戻して、真涼は微笑《ほほえ》んだ。

「それが私。夏川真涼という女だもの。あなたは、よく知ってるはずでしょう？」

「――だな」

俺も笑った。

一方的なはずなのに、何故《なぜ》か心地よい。

そんな奇妙な関係こそ、季堂鋭太《きどうえいた》と夏川真涼だった。


「聞いたわよ。あなたが遅刻した理由」

しばらく沈黙した後、真涼が言った。

「事故に遭《あ》った女の子を助けたそうね？」

「――――」

すぐには反応できなかった。

「それ、誰から聞いた？」

「春咲《はるさき》さんから。彼女は最上《もがみ》さんの父親から聞いたらしいわ」

「……マジかー……」

がくっ、と肩が落ちた。アフロ先生に知られてる以上、いつかは千和の耳に入ると思っていたけれど。たった一週間しか持たなかったか。


「良かったわね。鋭太」


真涼は言った。

「良かったわね。あなたの夢が叶《かな》って。本当に良かったわね」

思わず顔を見返すと、真涼は微笑を浮かべていた。

「……どういう、意味だ」

自分でも驚くほど声が震えた。

「そのままの意味だけれど」

「俺、医学部落ちたんだぞ。推薦落ちたんだぞ。おかげでみんなに裏切り者呼ばわりされてるんだぞ。一般入試だって、受かるかどうかわからない」

「そうね」

「それの、どこが良かったって言うんだ。何が良かったって言うんだ?」

「夢が叶って。良かったわね」

「俺の夢は、医者になることなんだぞ。それが叶わなくなるかもしれないのに――」

真涼は首を振った。

「違うでしょう？」

「だから何が⁉」

「あなたの本当の夢は――『願い』は、違うでしょう？」

真涼がバッグから取り出してみせたのは、タブレットだった。

そこに映し出されていたのは、あるノートのスキャン画像。

薄汚れたページに、殴り書きされた文字――。

医者になって
千和の体をなおす!!

「……真涼……」

立ち上がって、ソファに座る真涼につかつか歩み寄った。

「真涼」

両肩をつかんで、思い切り揺さぶった。

真涼は動じない。ただ静かに俺を見つめている。

そして、繰り返した。

「良かったわね」

「真涼……真涼……っ」

「本当に良かったわね。鋭太。ついに、願いが叶ったのね」

「真涼ぅぅっっっっ!!」

もう堪《こら》えきれなかった。

涙があふれだすと同時に、俺は膝《ひざ》から崩《くず》れ落ちた。真涼の両膝に顔を埋《うず》める格好になる。みっともない。だけど、止まらなかった。涙が止まらなかった。感情の怒濤《どとう》が、次から次へとあふれ出し、嗚咽《おえつ》となっていた。

「わかってくれたか、真涼！」

　真涼は優しく俺の頭を撫《な》でた。

「わかるわよ。わからないはず、ないじゃない。こんなもの見せられたら」

「うん」

「あなたが願っていたのは、あの出来事の『やり直し』だったんでしょう？」

「うん……うん……」

　涙が止まらなかった。真涼のスカートがみるみる濡《ぬ》れていく。それでも、真涼は俺を引きはがしたりしなかった。

「あのとき、おれ、なんにもできなくて。おれみたいな、ただフラフラ生きてるだけのやつが無事で、どうして、千和みたいに一生懸命やってるやつが、あんな目に遭うんだって……ずっと……ずっと……つらくて……」

「馬鹿《ばか》ね」

　真涼の手が俺の頭を撫でた。

「そんな風に考えること、ないのに。――でも、あなたらしいわよ。鋭太」

　優しい手を感じながら、俺は言った。

「ハルカちゃんの事故に遭遇した時、こんなことがあるのかって思った。今こそ、やり直せるんだって。もうあの時の俺じゃない。知識だって判断力だってある。救命講習も受けてる。もし今の俺が、あの事故の現場にいたら、絶対千和を救ってやれる。それを証明することができるんだって」

　わかるわよ、と真涼は言った。

「あなたのノートを見た、私にはわかる。世界でたったひとりだけ、あの黒歴史ノートを見た私には、わかる。あなたがどれだけ、あの時のことを悔やんでいるのか。あなたがどれだけ、春咲さんのことを大切に思っているのか……」

　真涼の声が、その時、震えた。

　鼻をすする音が聞こえた。

　また元の声に戻って続けた。

「みんなに言い訳しなかった理由もわかるわよ。もし子供を助けたせいで試験に遅れたなんて言ったら『美談』になっちゃうものね。美談になったら、意味がないものね。あなたは、あなただけの理由——春咲さんの事故の時、何もできなかった運命にやり返すため、あくまで自分のために、遅刻を選んだ。そのハルカという子のためですらなかった。自分のためだった。だから、言い訳しなかったんでしょう?」

　俺は頷いた。

　とてつもない幸福感がこみ上げている。

　いつも一方通行だった俺が、
　ずっと独《ひと》り相撲《ずもう》だった俺が、

誰かに、こんなにも、理解されるなんて！

「ありがとう。真涼。わかってくれて、ありがとう……」

それは心からの言葉だった。

この一方的なわがまま女に、心から感謝する日が来るなんて。

「はいはい」

真涼は子供をあやすように、俺の頭をポンポンと叩いた。

それから耳元で囁いた。

「今夜は一緒にいてあげるわ。私の精一杯の優しさよ。そして――」

――きっと、これが、最初で最後。

あとがき

少し思うところがありまして、最終巻までの構成を変更しました。

今回細部まで描かれなかった修学旅行編は、後日、ストーリー完結後の短編として出す予定です。

なぜそうなったのかというと、今巻の鍵となるキャラクター「遊井カオ●」が、作者の想定以上に、…………、だったためです。

カオ●がこうなることは予定通りではありますが、正直、想定以上でした。

本作開始当時、ラノベのラブコメには「残念部活系」ブームというのがありました。本作もその流れのひとつです。そして、それらの作品群には、概ね「実は女の子」という主人公の親友・理解者ポジションのキャラクターが存在しました。カオ●も、そのひとりでしょう。

テンプレート。

お約束。

ルール。


ライトノベルには、今も昔も様々な「ルール」が存在します。

カオ●は、そういったルールが生み出したキャラクターだったと言えるかもしれません。

当時、まだデビューして一年にも満たなかった私が、ラノベのテンプレートを必死に勉強して、お約束を知り、ルールを遵守しようとした結果が、カオ●だったのでしょう。

ですが、ルールなんて、結局は人の作ったものなのです。

破るのも自由、守るのも自由。侵すのも自由。

今回、るろおさんには、いつにも増して素晴らしいイラストをあげていただけました。

「窓」をまたいで、「ルールの外側」へとやって来たカオ●が、何を侵すのか。

見守っていただければ幸いです。

ファンレター、作品の
ご感想をお待ちしています

〈あて先〉

〒106－0032
東京都港区六本木2－4－5
ＳＢクリエイティブ（株）
GA文庫編集部 気付

「裕時悠示先生」係
「るろお先生」係

本書に関するご意見・ご感想は
右の QR コードよりお寄せください。

※アクセスに発生する通信費等はご負担ください。

https://ga.sbcr.jp/

俺《おれ》の彼女《かのじょ》と幼なじみが修羅場《しゅらば》すぎる 15

発　行　　2020年9月30日　初版第一刷発行
著　者　　裕時悠示
発行人　　小川 淳

発行所　　SBクリエイティブ株式会社
〒106−0032
東京都港区六本木2−4−5
電話　03−5549−1201
03−5549−1167（編集）

装　丁　　FILTH

印刷・製本　中央精版印刷株式会社

乱丁本、落丁本はお取り替えいたします。
本書の内容を無断で複製・複写・放送・データ配信などをすることは、かたくお断りいたします。
定価はカバーに表示してあります。
©Yuji Yuji
ISBN978-4-8156-0754-8
Printed in Japan　　GA 文庫

転生魔王の大誤算
～有能魔王軍の世界征服最短ルート～
著：あわむら赤光　画：kakao

GA文庫

歴代最強の実力を持つ魔王ケンゴーにも決して漏らせぬ秘密があった。

「転生前より状況がひどくない!?」

前世の彼は、伝説の不良《エリートヤンキー》だった兄と勘違いされ舎弟から尊敬を集めた草食系《ヘタレ》高校生の乾健剛《いぬいけんごう》だったのだ！　平穏に生きたいのに凶悪な魔族達に臣従されいつ本性を見抜かれるかハラハラの生活を送るケンゴー。だが命惜しさに防御魔法を極めれば無敵の王と畏敬されハーレムに手を出す勇気がないだけなのに孤高だと逆にモテ、臣下の顔色を伺えば目配りの効く名君だと言われ第二の人生は順風満帆!?

これは勝ちたくないのに勝ちまくり、誤算続きで名声も爆上げしてしまう、草食系魔王の成功物語《サクセスストーリー》である。

殲滅魔導の最強賢者
無才の賢者、魔導を極め最強へ至る
著：進行諸島　画：風花風花

GA文庫

戦闘に不向きな紋章を持ちながら、鍛錬の末、世界最強と呼ばれるに至った魔法使いガイアス。だが、宇宙には文字通り桁の違う魔物——通称【熾星霊《しせいれい》】が存在する。それさえ倒して宇宙最強の存在になることを望むガイアスは、仲間を得て熾星霊に挑むことを決意した。

「な、ななな仲間になりますから、殺さないでくださいいぃぃぃ！」

災厄と恐れられた暗黒竜の少女イリスを平和的に仲間にした彼は、手始めに王国最強の魔法戦闘師ユリルたちと組み災害級邪竜と激突する!!

「最後にこの魔法だけ使っていいか？　——自信のある攻撃魔法なんだ」

無才の賢者が敵を殲滅《せんめつ》。魔導を極め最強に成り上がる無双譚、開幕!!

カノジョの妹とキスをした。2

GA文庫

著：海空りく　画：さばみぞれ

初めての恋人・晴香と付き合って一ヵ月。親が再婚し恋人とそっくりな義妹が出来た。名前は時雨。晴香の生き別れの妹だ。俺はそんな義妹とキスをした。

重ねられた時雨の唇の感触が忘れられない。晴香とキスはそれに塗り潰されて思い出せないのに。時雨を異性として意識する時間が増える。

でもそんなのは晴香に対する裏切りだ。俺は晴香との仲をもっと深め、時雨と距離を置こうとする。

だが俺がそう決意した日、時雨が高熱を出して倒れてしまい……？

彼女の双子の妹からの告白。高2の夏休み。お泊りデート。動き始める"不"純愛ラブコメ、『堕落』の第二巻！

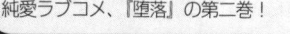

GA文庫

お隣の天使様にいつの間にか駄目人間にされていた件3

著：佐伯さん　画：はねこと

「皆さん周《あまね》くんと仲良くしてるのに、私だけのけ者みたいです」

二年に進級し、同じクラスになった真昼《まひる》と周。徐々に学校でも距離を近づけようとする真昼とは裏腹に、周は"天使様"への遠慮からなかなか踏み込めずにいる。

千歳《ちとせ》らの気さくな振る舞いをきっかけに、クラスメイトたちとの間の壁も少しずつなくなりつつある真昼の姿を眺めながら、周は治りかけの古傷をそっと思い返していた……。

WEBにて絶大な支持を集める、可愛らしい隣人との甘く焦れったい恋の物語、第三弾。

GA文庫

ひきこまり吸血姫の悶々3

著：小林湖底　画：りいちゅ

青い空。白い雲。ようやく得られた休暇で海辺のリゾートを満喫するコマリ。

「一緒に世界を征服しない？」

突然現れた剣の国の将軍ネリアから、コマリはとんでもないお誘いを受けてしまった！　その一方で別の国家、天照楽土《てんしょうらくど》からも外交使節が来訪。

「一緒に世界を平和にしませんか？」

東国の最強将軍と噂される和風少女カルラは、まったく逆の提案を投げかけてくるのだった。各国の思惑は錯綜《さくそう》し、やがて世界を巻き込む大戦争へと発展！　夏休みから急転直下、戦局の鍵を握る立場となってしまったコマリ。ひきこまり将軍が新たな時代を切り開く!?

GA文庫

たとえばラストダンジョン前の村の少年が序盤の街で暮らすような物語10

著：サトウとシオ　画：和狸ナオ

栄軍祭での活躍をきっかけに、真の実力が多くの人に知られることとなったロイド。そんな彼を卒業後になんとしてでも引き入れたい王国各部門のお偉いさんたちは、早くも熱烈なスカウトに走り出し??

前代未聞の学年繰り上げインターン制度実施で、ロイドの有能ぶりが王国全土に広がっていく！　そんな中、王国に謎の呪いが蔓延。ロイドの身近な人も危機に陥る。その影で糸を引くソウの悪意に、ロイドはかつてない苦戦を強いられる！

「さあ本気で来てくれ。ロイド君」

思い込む力こそ英雄の証。勘違いだから強くなれる、無自覚最強少年の勇気と飛躍な第10弾!!

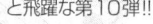

第13回 GA文庫大賞

GA文庫では10代～20代のライトノベル読者に向けた
魅力あふれるエンターテインメント作品を募集します！

大賞 賞金300万円＋ガンガンGAにて、コミカライズ確約！

◆募集内容◆

広義のエンターテインメント小説（ファンタジー、ラブコメ、学園など）で、日本語で書かれた未発表のオリジナル作品を募集します。希望者全員に評価シートを送付します。
※入賞作は当社にて刊行いたします。詳しくは募集要項をご確認下さい。

応募の詳細はGA文庫公式ホームページにて **https://ga.sbcr.jp/**